Kazuco Akamine
Kaná

Da Terra do Sol Nascente para a
   Terra dos Frutos de Ouro

2ª edição Copyright© 2019 by Literare Books International
Presidente: Mauricio Sita

1ª edição publicada pela Editora Íthala.

Capa: Juliana Cristiane Carneiro
Projeto gráfico e diagramação: Duilio David Scrok
Revisão: Neumar Carta Winter

Diretora de projetos: Gleide Santos
Diretora de operações: Alessandra Ksenhuck
Diretora executiva: Julyana Rosa
Relacionamento com o cliente: Claudia Pires
Impressão: Gráfica ANS

```
Dados Internacionais de Catalogação na Publicação (CIP)
            (Câmara Brasileira do Livro, SP, Brasil)

    Akamine, Kazuco
        Kaná : da terra do sol nascente para a terra dos
    frutos de ouro / Kazuco Akamine. -- 2. ed. --
    São Paulo : Literare Books International, 2019.

        ISBN 978-85-9455-094-1

        1. Imigrantes japoneses - Brasil - História
    2. Japão - Emigração e imigração - Brasil
    3. Japoneses - Brasil - História 4. Okinawa, Ilha
    (Japão) - História I. Titulo.

18-19597                      CDD-305.89560981
            Índices para catálogo sistemático:

    1. Imigrantes japoneses : Brasil : Sociologia
        305.89560981

        Cibele Maria Dias - Bibliotecária - CRB-8/9427
```

Literare Books International Ltda.
Rua Antônio Augusto Covello, 472, Vila Mariana, São Paulo, SP.
CEP: 01550-060
Fone/fax: (0**11) 2659-0968
www.literarebooks.com.br
e-mail: literare@literarebooks.com.br

Kazuco Akamine

Kaná
Da Terra do Sol Nascente para a
Terra dos Frutos de Ouro

A romanização da escrita japonesa, isto é, a transcrição dos caracteres japoneses com o uso de caracteres romanos, segue alguns padrões adotados internacionalmente, como por exemplo o Sistema Hepburn. Porém, nesta obra tomei a liberdade de adotar uma grafia livre, que nos leve mais próximos à sonorização da língua portuguesa.

A Autora

Agradecimento

Um Agradecimento Especial ao Doutor Túlio Vargas
(in memoriam)

Tendo levantado as informações da antiga história de Okinawa e da imigração japonesa ao Brasil, submeti este material à apreciação do Doutor Túlio Vargas, historiador paranaense de renome, respeitado homem público brasileiro, presidente da Academia Paranaense de Letras e escritor consagrado, com 26 obras publicadas.

Após examinar minha pesquisa, Doutor Túlio exultou com tantas preciosas informações e me incentivou a publicar esta obra. Ela é registro da saga do povo japonês – e, em particular, do da Província de Okinawa – que veio ao nosso país atraído pela magia e pela esperança proporcionadas pelas "Árvores dos Frutos de Ouro" – o nosso café –, tornando-se, assim, parte importante da construção do nosso Brasil.

Meu agradecimento especial ao Doutor Túlio Vargas, com todo o meu respeito e admiração, por acender em minha mente o propósito de realizar esta obra.

Prefácio

Quantas viagens precisei fazer, para chegar a esta primeira linha! Viajei principalmente, pelos sonhos acalentados e pela vontade indomável de todos e de cada um; viajei pelas marcas das lágrimas choradas na solidão das desesperanças; viajei pelas asperezas das mãos calejadas que teimavam em não aceitar as derrotas impostas pela natureza; viajei pelos sons das vozes que insistiam em cantar as lembranças da terra distante; viajei pelos contornos dos caminhos riscados com trabalho incessante; viajei pelas demonstrações de solidariedade, cordialidade...

Vivenciei "os dramas pessoais aprisionados em peitos silenciosos", provocando "pequeno choque frio, em ondas que corriam no peito... num aperto metálico, manifestação contundente de medo e de ansiedade".

Convidada extemporânea e invisível, embarquei no Santos Maru, cuja bússola indicava o caminho para o país que ofertava "árvores dos frutos de ouro", o café. A cada noite, no balanço do mar, revolto ou tranquilo, vislumbrei os desejos de Kaná, o seu anseio maior, quase obsessivo, de beber a água do encanto para fazê-la mulher plena, reconhecida, admirada pela maternidade.

Conheci vida e sabedoria, nas narrações ("conversas em forma de presentes") de *odissan* Kenhithi, o *miity amahah*, o transbordado de intelecto":

— "A qualidade de cada ser humano, depende da qualidade das informações que ele coloca na sua mente. Lembre-se disso sempre, e selecione

o que você deve armazenar em sua memória". "Que a posição de seus sentimentos seja ereta como a dos bambus! Que o sentimento da retidão de conduta esteja sempre guardado, profundamente, em seu ser."

Silenciosamente, acompanhei as longas e extenuantes caminhadas, estendi meus braços, ofereci as mãos para acrescentar minha força e contribuir com a plantação e a colheita do arroz. Ah!... senti, também, o gosto desse arroz grumoso, que tanta saudade evocava, pela necessidade de nutrir o corpo e a alma, pois na energia dos grãos claros, unidos, estava presente a própria qualidade anímica do seu povo.

Que emoção também senti, no dia em que o esforço dos *okinawanos* começava a ser recompensado! Vibrei com eles, ao observar a brotação das sementes do seu arroz, trazidas como inigualável tesouro. Vivi a euforia daquele momento, pois "pouca coisa há, no mundo, tão mágica, tão emocionante, quanto ver um pontinho verde romper o solo e, diariamente, expor um pedaço de si mesmo ao sol, ao mundo, abrindo seus braços inocentes e confiantes!" Reverentes, "glorificavam tamanha bênção e tanta magia da natureza".

Mas as vicissitudes teimavam em testar a coragem e a fé. Fragilizada, acompanhei o cansaço e a desilusão que, muitas vezes, tomavam conta de muitos. Então, num esforço renascido, lembrei-me das palavras sábias que ressoavam nos ouvidos de Kaná: "quando uma situação se torna absolutamente inevitável, é sábio lançar seu âmago ao infinito, para a magia do universo encaixar as pedras do jogo impalpável da vida."

Debrucei-me ao lado de Kaná, quando, "de repente, avistou as estrelas faiscantes. Estava toda a Via Láctea, interminável e poderosa, faiscando indiferente à dor, estendendo seu brilho sobre aquela vastidão de terra. Atirou-se ao solo, de joelhos, e, em tom de cobrança e revolta, clamou em voz alta: — Meus ancestrais, em que estrelas vocês estão morando?" Vivi, na própria carne, o "longo e convulsivo pranto, em absoluto abandono, absoluta solidão", quando Kaná "aninhava sua dor".

Com o tempo, vencidos os desafios, superadas as dificuldades, conquistadas as vitórias, descobri, com os novos moradores desta terra das "árvores dos frutos de ouro", que "nossas raízes são mais longas que a cauda de um cometa" e que, por isso mesmo, somos como os bambus, flexíveis e resistentes às ventanias, que se dobram, deitam, mas permanecem inteiros. Não se quebram com facilidade e recobram sua posição ereta, apontando para o céu, imenso e ilimitado como a esperança e a fé que os passageiros do Santos Maru trouxeram na bagagem de seu coração, de sua vontade e perseverança.

E, de repente, vislumbrei o sorriso feliz de Kaná, e com ela estremeci, quando imaginou realizar seu sonho maior de acalentar nos braços, plenos de amor, alguém que seria a certeza de continuidade da história e exemplo de seus ancestrais.

Acompanhei seus passos até o *buthiran* (altar da família) e também acendi três incensos, com profunda devoção. Nesse momento, acompanhei o olhar de ternura e gratidão de Kaná, ao observar as "soltas nuvens dançantes, de mãos dadas com o vento". O vento que soprava alegrias para o futuro.

Termino a viagem. Retorno ao agora. E tenho certeza de que tudo poderia ser apresentado de outra forma: nada teria escrito, se soubesse como criar um ideograma que me representasse, de mãos postas e cabeça inclinada, afirmando respeito, admiração e reverência a essa gente que, silenciosa, persistente e incansavelmente, venceu, apesar de todas as dificuldades e desafios. E apenas diria:

— *Mensore* (seja muito bem vindo), povo de Okinawa...

Ah! E, como homenagem, acompanharia a minha saudação, tocando o *sanshin*.

Adélia Maria Woellner
da Academia Paranaense de Letras
Inverno/2013

1

Em terra firme, uma multidão acenava com lenços, num dolorido adeus. Cada um daqueles pequenos pedaços de tecido que tremulava no ar, era a expressão de um coração aberto em dor. Só não eram doloridos os acenos das crianças, que nada entendiam do que estava acontecendo, e os de alguns jovens, que também sonharam, um dia, estar naquele navio de muitas toneladas de ferro, a se equilibrar sobre o mar azul, para se aventurar num mundo fascinante e muito distante dali.

Do outro lado daquele cenário, rumo ao profundo azul marinho que se fundia no horizonte com outro azul, estendido para o alto sem fim, deslizava o navio grafite, também com centenas de lenços cintilando ao sol.

Pouco a pouco, crescia a distância entre os corações dos que ficavam e dos que partiam, aumentando o aperto na garganta e a angústia daqueles que tinham, secretamente em suas mentes, a quase certeza de que o adeus era definitivo.

Era o final da primeira quinzena de agosto do 12º ano da era *Showa*, ou seja, doze anos, desde que havia sido entronizado o imperador da família de mesmo nome. Transcorria o ano de 1937, pelo calendário cristão, e o navio Naha Maru partia do porto de Naha, incrustado a sudoeste da ilha de Okinawa, a maior do arquipélago de Ryu-Kyu, ao sul do Japão, no Oceano Pacífico.

Como era encantador o arquipélago. Tamanha perfeição, somente poderia ter origem divina. Era capaz de nos levar a imaginar que, en-

11

quanto o grande pintor da vida manipulava o seu pincel, teria deixado respingar algumas gotas de tinta, não muito ao acaso, sobre aquele pano de fundo que seria o mar azul, criando ali formações de rara beleza e singularidade.

As 147 ilhas e ilhotas espalhadas ao longo de 1.200 quilômetros ao sul do Japão, até alcançarem a Ilha Formosa, simplesmente parecem ingênuas e casuais, pontilhadas no grande contexto do mapa-múndi.

Sua origem é contada como sendo consequência do forte pulsar da vida no interior da Terra, nos períodos em que nosso planeta, em formação, suspirava – e quando seus suspiros incandescentes conseguiam ultrapassar a imensidão de água que os oprimia, aflorou sobre as águas dando origem às ilhas cinzentas. Esse era o resultado de seu sangue – suas lavas – que, resfriando, tornava-se petrificado.

Nesse cenário de tantas ilhotas, a maior delas ficou com 120 quilômetros de comprimento por outros 40 de largura, em seu ponto mais extenso.

No ano de 1879, o arquipélago das Ryu-Kyu se tornou oficialmente parte do território japonês, passando a ser a última província anexada a esse país. E, então, esse conjunto de ilhas, que durante 270 anos foi absurdamente espoliado pelo domínio japonês, a partir do feudo de *Satsuma,* e dilapidado por pesados tributos impostos pelo Japão, tornou-se paupérrimo, até não poder mais abrigar dignamente os seus filhos, que se viram obrigados a buscar amparo em terras novas e distantes.

Naquele dia de partida, eram muitas as emoções, abertas em um leque, que incluía da tristeza da separação e a angústia da incerteza, até a esperança de melhores dias. O grupo que permanecera em terra via seus entes queridos se afastando no horizonte, deixando-lhes a sensação de perda, como se caminhassem para um mundo inexistente.

Depois de o navio ter-se tornado do tamanho de um pequeno ponto, já quase invisível aos olhos cansados dos mais velhos, Moshi[1], uma senhora de porte franzino, vestida num quimono de cor índigo e feito com tecido de produção local, tramado no tear com fibras da folha de

---

1 Pronuncia-se Môshí

banana, tinha apenas o desejo de ficar ali, inerte, perdida em sensações e pensamentos, apoiada sobre uma das pedras negras e porosas que circundava a orla marítima. Desejava poder fundir-se à paisagem e, entre lágrimas e silêncio, advindos de profunda solidão, compartilhar com a terra e o mar, a sua dor.

Moshi tivera cinco filhos. Porém, no frágil universo daquela ilha, onde o número de filhos era muito importante, ela havia perdido, em nome da tentativa de perpetuação da espécie, as duas filhas que havia gerado.

Sua caçula havia casado ainda muito jovem e, ao dar à luz seu terceiro neto, sofreu um grande sangramento que a deixou fragilizada. Teve sua vida ceifada por um resfriado que a levou a uma pneumonia fatal.

Agora, a terceira filha, a antepenúltima de seus filhos, partia para o Brasil na esperança de que, tomando da água daquele solo fértil por alguns anos, seu organismo sofresse uma transformação para melhor, podendo, então, vir a ter filhos, exercendo, assim, a mais sagrada missão de uma mulher. Sua filha amada já vinha sendo muito humilhada e desprezada, por sua incapacidade de gerar descendentes. Por isso, mesmo sofrendo demais com a separação, fora a própria Moshi quem a aconselhara a fazer a viagem.

Perdida em seus pensamentos, Moshi não percebeu que seu marido, Kame, havia se postado de pé ao seu lado, junto à pedra e, com sua perspicácia, procurava penetrar os profundos pensamentos que rodopiavam na cabeça de sua esposa. Ele percebia em sua face lívida o clamor petrificado daquele olhar distante, em insondável expressão. Moshi parecia não pertencer mais àquela realidade e não fazer mais parte daquele corpo que parecia sem vida, cuja alma teria fugido para um mundo sem retorno.

Kame se achegou a ela e, com candura, chamou-a à realidade, dizendo:

— *Hanma, dyica. Niika natun:* mulher, vamos. Já é tarde.

Ela não reagiu.

Ele, apreensivo, insistiu. E ela, então, seguiu instintivamente o seu senhor – assim eram considerados os maridos, naquela época. Com passos indecisos, pisando seus chinelos trançados com palha de arroz,

ela caminhou com o marido em um movimento tão lento que parecia fazê-la flutuar. Sem sentir os próprios passos, entrou em sua casa. Sob aquele teto com cobertura de sapê, Moshi ficou, por vários dias, circunspeta, pensando na vida que levava.

Pensou em suas amigas cujos filhos partiram com o único objetivo de ganhar dinheiro e que acalentavam a esperança de que eles voltariam após algum tempo, enriquecidos, graças ao trabalho com as árvores dos grãos de ouro – o café –, que existiam com tanta abundância no Brasil.

Em sua simplicidade, Moshi percebia que quando o ideal paira apenas no âmbito material, o homem navega mais na superfície da complexidade humana. Porém, quando o ideal maior é algo impossível de ser construído pelo simples desejo, ou mesmo pelo esforço, ainda que muito intenso, – como é o caso de gerar um filho – recorremos às reflexões mais profundas.

Qual o verdadeiro sentido da vida? Qual a missão ou a função de cada um de nós? Por que tantas diferenças, se todos os seres humanos despontam para a vida da mesma maneira e, vivem, com as mesmas chances de serem felizes? Por que nos deparamos com frustrações insolúveis? Por que para uns tudo parece ser mais fácil do que para outros?

Essas eram as perguntas que sondavam sua mente; mais ainda, oprimiam o seu coração. Moshi, não se sentia como a mais abençoada das criaturas.

Todos os dias, enquanto seu coração sangrava, ela recorria ao *buthiran* – oratório da família, em que se cultuam os antepassados –, onde estavam escritos os nomes dos seus ancestrais. E, então, lhes suplicava que protegessem sua filha no mar e na terra e que o seu propósito para o exílio fosse atendido. Essa era a única esperança que acalentava o seu coração e a fazia continuar a respirar. Se esse desejo fosse atendido, teria valido todo e qualquer sacrifício.

2

O navio que zarpara vagarosamente, finalmente fundiu-se no horizonte. Aqueles que permaneceram no convés viram a ilha diluir-se no mar. E muitos amargaram, pela primeira vez naquela viagem, a sensação de que dali para diante estavam por sua própria conta.

Para quebrar a monotonia do azul infinito, alvas nuvens bailavam no céu, muitas vezes formando figuras que alimentavam um pouco a esperança de melhores dias para aqueles viajantes aventureiros.

No convés, predominava um cheiro estranho, envolvendo toda a embarcação. Vinha daquela fumaça negra, lançada ao ar pela larga chaminé, resultante da queima do óleo diesel com o qual as máquinas eram movidas.

A tripulação coordenava, com gentileza, a movimentação dos passageiros para seus devidos lugares. As mulheres foram as primeiras a se proteger do vento que batia forte. Suave e de forma ordeira, todos iam se acomodando, sempre sob a cuidadosa orientação do pessoal de bordo.

As acomodações eram sobre o *tatam* – "tatami em japonês", forração típica japonesa, a mesma utilizada nas residências no arquipélago: uma espécie de tapete tecido com palha de arroz, com cerca de dois centímetros de espessura. Divisões do ambiente eram feitas com cortinas, destinando-se um cômodo para cada família.

Concluído esse primeiro procedimento, os vizinhos começaram a conversar uns com os outros, numa atitude natural de quem iria empreender, lado a lado, uma viagem por longo tempo ao mesmo destino, e quase todos comungando o mesmo ideal.

Dentre os 77 viajantes, estava uma jovem senhora de 30 anos que se destacava pela sua vivacidade. Com um pouco mais de um metro e quarenta centímetros de altura, cabelos bem negros, absolutamente lisos e presos num coque logo acima da nuca, Kaná se destacava por sua simpatia.

Trajava-se sobriamente, pois não era habitual para as senhoras ter no vestuário cores vigorosas e chamativas. O predomínio era de tons como o cinza, o azul índigo, o marrom e o marinho, por vezes, com encantadores e discretíssimos efeitos, construídos na própria trama do tecido e coloridos em amarelo, laranja, bege ou gelo.

Os vestidos em estilo ocidental tinham, invariavelmente, os mesmos cortes, com costura na linha da cintura, onde era acoplada a saia cortada em tecido reto, com uma largura e meia ou duas larguras do tecido de 90 centímetros. O tecido da saia recebia um franzido ou pequenas pregas, até se ajustarem à circunferência da cintura. Em geral, tinham abotoamento na frente, com abertura até logo abaixo da barriga. As mangas eram longas ou curtas, de acordo com a estação.

Todas se vestiam de maneira semelhante, já que, naquela época, não atinavam com a variação da moda e, sobretudo, seguiam a tradicional ideia nipônica de valorizar e enfatizar o coletivo.

Os homens, invariavelmente, vestiam ternos pretos e camisas brancas, seguindo o ideal de uma sociedade homogênea até mesmo no visual.

Dentro dessa homogeneidade, Kaná se sobressaía, devido ao seu riso fácil e aos movimentos graciosos. Seu marido também se destacava dos demais, pois era esbelto, tinha traços mais finos e elegantes. Era calado, muito discreto e se chamava Koichi[2]. Nesse período, contava com seus 37 anos de idade.

O casal Koichi e Kaná constituiu a família de três pessoas, como a lei brasileira de imigração exigia, trazendo consigo uma jovem adolescente de 14 anos, filha única de um casal descendente do clã Isha, de onde também descendia Koichi. Oficialmente, a menina se chamava Otto, mas viveu toda sua vida como Utumy[3] – nome *okinawano* – e estava

---

2 Pronuncia-se Kôiti
3 Pronuncia-se Utumí

registrada no documento da imigração como prima do casal – o que, de fato, era. Tinha também longos cabelos pretos, os olhos amendoados e a pele bem amorenada, como a maioria dos *okinawanos*.

Os pais de Utumy haviam se casado tardiamente, para a época, já beirando os trinta anos. Somente tiveram a menina como descendente. Quando ela era ainda criança, sua mãe faleceu e seu pai, desgostoso e só, ficou com a saúde muito comprometida. Com urgência, ele tratou de regularizar a adoção do sobrinho mais próximo como filho, para dar continuidade à manutenção do *buthiran* – oratório da família. Afinal, essa era uma prerrogativa exclusiva do sexo masculino e, portanto, não poderia ser assumida por Utumy.

O sobrinho mais próximo era Koichi, segundo filho de seu irmão mais velho. Ele, então, foi adotado pelo seu tio, pai de Utumy, e ficou com a incumbência de velá-lo até o final de seus dias, tornando-se assim seu herdeiro único, pois heranças e encargos de família eram sempre atributos exclusivos do filho mais velho e sua esposa.

No navio havia uma mistura de dialetos e sotaques, os mais inusitados possíveis, pois ali estavam reunidos *okinawanos* de todos os quadrantes e ilhas. Como a locomoção entre as comunidades era difícil naquele período, a interligação entre as ilhas ficava ainda pior, o que permitia que o regionalismo ficasse mais acentuado.

Para o casal Koichi e Kaná, havia entre os viajantes apenas uma família de parentesco próximo. Era um casal da mesma linhagem da família paterna de Kaná, do clã Tobaru[4]: o senhor Kenhithi-San e sua esposa Kami[5].

Kaná tinha o mesmo sobrenome do casal: Akamine. Mesmo depois de casada ela não havia mudado de sobrenome, pois, coincidentemente Koichi também era Akamine, embora não tivessem nenhuma consanguinidade, uma vez que ele descendia do clã Isha, família milenar de Urrumi, do município de Simadiri. O clã Isha vinha de uma família tão antiga que seus ancestrais relatavam que aquele pedaço de terra, que podiam ver diante deles, era, há muito tempo, banhado pelo mar e que, com a sedimentação dos corais e outros elementos, tornou-se terra firme.

---

4 Pronuncia-se Tôbaru
5 Pronuncia-se Kamí

3

Kenhithi-San era esguio e mais claro que a maioria, pois sempre exerceu um trabalho burocrático e pouco se expunha ao sol. Nas horas vagas, estava sempre isolado em casa, com os olhos presos às letras de algum livro.

Era considerado um *miity amahah*, ou seja, uma pessoa que deixou o seu intelecto transbordar acima do nível compreensível pelos comuns dos mortais. Homens assim, com cultura muito acima da média, tornavam-se estranhos ao meio, não conseguindo conviver em sintonia com as demais pessoas.

Sua esposa, Kami, era uma boa parideira e já lhe havia dado cinco filhos, todos varões. O que era muito enobrecedor, outorgando-lhe autoridade moral por esse feito. E tudo indicava que viriam ainda muitos filhos pela frente.

Kami ficava muito irritada com o hábito do marido, satisfeito com seu ordenado de funcionário público da principal escola da ilha, de viver com os olhos colados nos ideogramas da escrita, o que dava a ele a fama de ser tão conhecedor das letras quanto um diretor de escola. Ela, porém, nada via de prático em ter na vida cotidiana um homem muito letrado e cada vez mais calado e distante da humanidade. Era preciso se preocupar com a falta de empregos para os filhos que estavam crescendo. Mas ele estava, habitualmente, alheio a tudo.

Baixinha e atarracada, Kami se movimentava rápido, para dar conta dos afazeres domésticos e daquele marido insistentemente grudado em livros, alguns dos quais muito velhos, cujo acesso era somente na biblioteca.

Esse comportamento a irritava cada vez mais, pois nada daquilo se materializava em algo de prático. Algumas vezes, ela chegou a perguntar o que estava escrito em tudo aquilo. No início, o marido até tentou explicar-lhe alguma coisa, mas, constatada a distância que Kami tinha do entendimento, somada ao desinteresse dela diante das inutilidades, ele se resignou a trilhar o seu caminho solitário.

Mantinha-se com uma alimentação frugal, monástica. Bebia um pouco de saquê, em alguma reunião, pois homem que era homem tinha que beber e fumar. Mas, com o tempo, até isso foi diminuindo, o que aumentava mais a distância entre ele e as pessoas comuns.

Quando chegava carta do cunhado mais velho, que estava no Brasil com seus sogros e oito filhos, ele as lia para todos ouvirem. Era uma festa, poucas vezes comemorada, visto a raridade das cartas. Por ocasião da última leitura, Kenhithi-San comentou com sua mulher que a qualidade da escrita estava um pouco comprometida. Percebia-se que o cunhado estava se esquecendo de fazer as uniões corretas de certos ideogramas. E isso despertou uma ira incontrolável em Kami:

—Você, com essa mania de letras. Isso não enche a barriga de ninguém. Para que se preocupar com ideogramas, se está claro que eles conquistaram, no Brasil, uma situação de vida invejável? Basta ver as fotos dos rapazes naqueles cavalos maravilhosos, as fotos da família com aquela paisagem maravilhosa. E você viu a variedade de frutas que ele descreveu e que nem há nomes para tantas espécies na nossa língua? Você viu que ele diz que a mesma quantidade da água do mar, que vemos nos circundando, ele vê em terras agricultáveis. Você viu que ele disse que faltam braços para tanto trabalho disponível? O que aqui não há. Você tem que pensar no convite que ele nos fez, para também irmos para lá. De que adianta ficarmos aqui, com você enchafurdado nos livros, sem trabalho para os nossos filhos?

A irritação dela ainda ficava maior quando ele se ocupava horas, noite adentro, transcrevendo nos cadernos os registros dos livros, com aqueles incompreensíveis garranchos. Irritantemente, ele já dominava cerca de dez mil ideogramas e ainda dizia que não conhecia todos.

— Francamente, resmungava ela, que serventia há em tantas letras?

A intenção de Kenhithi-San era deixar registros para a posteridade, pois o acesso àqueles livros era muito difícil. Mas, para a esposa, sob o ponto de vista prático da vida, eram absolutas inutilidades.

E a ideia de ir para o Brasil se tornou para Kami uma obsessão. Mas seu esposo ponderava que, mesmo vendendo tudo de que dispunham, não levantariam o valor necessário para fazer frente às despesas com a viagem.

Como tinha a mente voltada para as coisas práticas, Kami foi maquinando ideias, até que encontrou uma saída. Procurou seu irmão *dinan* – segundo irmão por ordem de nascimento, do sexo masculino –, que também tinha uma boa família de sete filhos, e pediu que lhe emprestasse dinheiro para que pudessem emigrar para o Brasil.

Muito diferente do marido, ela lutava com todas as suas forças para mudar aquela situação. E graças à sua insistência, não só conseguiu a promessa do irmão de lhe emprestar o que necessitava, como conseguiu convencê-lo a ser o aval de empréstimos do que, porventura, viesse a faltar.

Munida como estava dos recursos indispensáveis, sua força de convencimento ficou mais vigorosa e não coube ao marido alternativa, senão concordar em partir para o país tão promissor.

Assim, o casal Kenhithi-San e Kami formou uma cabeça de família, com uma prole de cinco filhos, para engrossar a fila dos emigrantes.

4

No navio que conduzia o grupo para o porto de Kobe, onde embarcariam em um navio maior, com os demais japoneses cadastrados para emigrar, Kaná encontrou alento nos ensinamentos de Kenhithi-San, por ter nele um *thigah* – um parente consanguíneo – e por ser ele justamente o conhecido *miity amahah* – o transbordado de intelecto.

Kaná era dotada de um espírito curioso, sempre ávido por aprender. Mas, lastimavelmente, cresceu numa conjuntura socioeconômica que aprisionava os seres humanos em restritas oportunidades, sobretudo, a mulher. Agora, durante a longa viagem, ela teria a grande oportunidade de se aproximar do senhor Kenhithi, aquele parente sempre afundado nos livros, e aprender com ele.

Ela foi se achegando cautelosamente de seu parente e, como era desinibida, nunca se envergonhou por perguntar sobre os assuntos que não conhecia. Especialmente porque tinha ouvido, certa vez, que, ao perguntarmos por algo que desconhecemos, passaremos, talvez, por um vexame que poderá durar alguns meses. Porém, não perguntando e evitando esse vexame momentâneo, carregaremos por toda a vida o constrangimento da ignorância. Motivada por esse ensinamento, Kaná não se intimidava em fazer perguntas sobre qualquer assunto que lhe parecia pertinente.

No primeiro dia que amanheceu em alto-mar, Kaná já sentia desconforto com o odor que pairava no ar, ocasionado pelo óleo que movia

a casa de máquinas. A sensação que tinha, era de que algo estranho havia aderido às paredes de suas narinas e no esôfago, e que um elemento gelatinoso e pesado havia se sedimentado na base do seu estômago. Tentando afugentar aquela sensação desagradável, foi caminhar pelo convés e encontrou seu parente. E se pôs a conversar com ele.

Kaná contemplava o interminável oceano de cor marinho, correndo a vista até onde ele se encontrava com o céu, e nada mais. Aquela vastidão aumentou o sentimento de solidão e desamparo que trazia dentro de si e que, muitas vezes, parecia querer sufocá-la. Porém, como as coisas dos sentimentos mais profundos não se comentavam com os outros, ela se deteve a falar banalidades, como sobre o quanto era diferente aquela visão, se comparada ao mar com o qual ela estava familiarizada. Na região onde vivia com seu marido, as águas começavam com matizes bege, caminhando para um tom róseo, depois cobalto, esmeralda, até se tornar o azul-marinho.

Kenhithi-San se voltou para ela e perguntou se sabia por que o mar era colorido assim.

— Não, não sei. Todos os mares próximos à terra não são sempre coloridos?

— Eu vou lhe explicar.

Kaná, em silêncio e surpresa, estatelou os olhos e até prendeu a respiração, em compasso de espera, ávida por aprender algo novo.

—Você sabe o que são os corais, pois todos nós da ilha os conhecemos muito bem. Pois bem: como as águas que circundam as nossas ilhas têm, em média, 23 graus de temperatura, é local ideal para os corais proliferarem sobre a base do arquipélago, que é de formação vulcânica. Okinawa tem a mais rica variedade de corais e, em grande abundância, o coral vermelho. A cor da água do mar varia de acordo com os corais que vivem embaixo dela; daí a beleza da coloração na água límpida. Você sabia também que vivem, nos nossos mares, mais de 3.000 espécies de peixes?

— Não sabia que havia tantos diferentes. Apenas sabia que há muitos peixes, pois toda vez que havia a vazante da maré, nas luas novas e cheias, eu ia para o mar no dia seguinte e pegava tantos peixes quanto quisesse, nas poças de água onde ficavam aprisionados. Eu conseguia muitos, entre peixes, lulas e enguias e os levava também para a casa de meus pais, para compartilhar com eles o meu entusiasmo e a pesca abundante.

— É verdade. Além da variedade e diversidade de cores e desenhos que esses peixes exibem, a natureza nos brindou, também, com a quantidade.

— Do navio, quando zarpamos, pude também vislumbrar belezas de outras partes da orla, que nunca tinha visto antes. E fiquei ainda mais impressionada com essa visão.

—Tem razão. O nosso mar é realmente belo. Por isso, existe a lenda da jovem que desceu do palácio celestial para banhar-se nessas águas.

— Ah, não me lembro ao todo dessa lenda. Apenas de algumas partes.

— Não? Pois vale relembrá-la. Deixe-me contar.

A lenda diz que uma moça celestial, embevecida ao contemplar uma das praias de Uthina[6] – o nome antigo de Okinawa –, não resistiu aos seus encantos e desceu do céu, para usufruir com mais intimidade da magnífica energia que via se expandir daquele maravilhoso recanto terreno.

Ao chegar à praia, despiu-se languidamente, e, com sua divina suavidade, caminhou até as águas tranquilas do recife e passou a se banhar. Seus negros e longos cabelos bailavam suavemente, ao sabor do movimento das águas calmas. Inteiramente abençoada por aquela paz, ela ficou, por longo tempo, imersa em comunhão total e absoluta com a natureza.

Enquanto isso, um rapaz que se aproximara da praia, atônito, observava tão linda e inacreditável cena. Depois de algum tempo entorpecido, percebeu as vestes da jovem sobre uma pedra incrustada na areia e teve ideia de escondê-las, na esperança de fazer dela uma adorada refém.

Imersa naquele passivo deleite, somente depois de muito tempo a jovem lembrou-se de que deveria retornar à sua morada. Pausadamente, com sua alma plena de contentamento e paz, dirigiu-se para a areia. Consternada, percebeu que suas vestes haviam desaparecido. Não poderia retornar ao seu lar celestial despida.

---

6 Pronuncia-se Utiná

Mergulhada em um turbilhão de pensamentos, percebeu um vulto surgindo dentre os arbustos floridos, não muito longe dali. Instintivamente, encolheu seu corpo e tentou proteger-se com os braços.

Quem chegava era o lindo rapaz, que acabou por lhe oferecer guarida. Apaixonaram-se e, vivendo sob sua proteção, a jovem celestial teve três filhos. Seu companheiro apaixonado ficava sempre em suave espreita, sondando sua alma. Percebia que, entre um silêncio e outro, a companheira demonstrava que não havia esquecido totalmente a sua antiga morada.

Certo dia, enquanto passeava com seus filhos, a jovem mãe encontrou um pote de barro, no fundo de uma gruta. Qual não foi a sua surpresa e alegria ao encontrar ali as suas antigas vestes. Seu primeiro impulso, é claro, foi vestir seus trajes, retornar e rever seus familiares celestiais, levando junto seus filhos.

Surpresa, percebeu que poderia levar um dos filhos num braço e noutro levaria o segundo filho. Porém, como fazer com o terceiro filho?

Decidiu, então, ficar ali mesmo, junto com aqueles a quem amava. Entregou-se totalmente à sua nova família e cumpriu a nobre missão de ajudar a povoar a nossa terra.

— Que maravilha! – exclamou Kaná.

— Que bom que você gostou. E sobre a lenda da formação do povo de Uthina, você se lembra? – retornou Kenhithi-*San*.

— Ainda que eu me lembre, o senhor tem uma forma muito especial de contar essas lendas e, se não lhe for desgastante, gostaria de ouvi-lo. Mas, sinto-me egoísta ouvindo sozinha essas lindas histórias. Incomodar-se-ia se eu fosse buscar Utumy para ouvir também?

Com a aquiescência dele, Kaná desapareceu do convés do navio, trôpega pela oscilação da embarcação. Retornou logo depois com algumas outras pessoas e com um gesto encabulado comentou: — Se o senhor não se incomoda.

— Não me incomodo. Assim eu aproveito meu tempo para falar, pois tenho intenção de economizar um pouco a leitura. Receio não encontrar livros japoneses no Brasil e, como não pude trazer muitos, corro sério risco de ficar sem ter o que ler. Antes de prosseguir, vamos nos acomodar num lugar melhor.

Sentaram-se em alguns bancos que havia no convés, um pouco mais abrigados do vento, e Kenhithi-San começou a falar – mesmo reconhecendo que falar para um número maior de pessoas era algo que não o deixava muito à vontade, pois ele era apenas um bibliotecário e não tinha aptidões para professor, pensava.

— Vou lhes contar a lenda que fala sobre a criação da casta de Uthina. Dizem que o deus do palácio celestial, certa vez, contemplando a Terra, encantou-se com a beleza das ilhas de um arquipélago com o formato de um arco.

Escolheu um casal entre seus afetos e o enviou para a maior das ilhas – Uthina –, com a divina incumbência de povoá-la.

Conta-se que o casal teve cinco filhos, três homens e duas mulheres. O primogênito tornou-se um Ô, o rei, para ser o mentor do povo que ali nascesse. O segundo criou a linhagem da nobreza Adi, para estar diretamente com a população, sendo o porta-voz entre o rei e o povo. O terceiro, por enamorar-se da natureza, tornou-se lavrador.

A primeira filha tornou-se *nuuru-gami* – a sacerdotisa da corte – e a segunda se tornou *yutah*[7], a sacerdotisa do povo. Era crença comum que uma *yutah* tinha poderes para se conectar com a divindade.

Quando ele se referiu à *yutah*, uma das ouvintes fez logo questão de dizer que tinha uma tia-avó nessa condição, para quem a comunidade recorria, em busca de conselhos. Imprudentemente, a participante foi interrompendo o que aquele homem introvertido relatava, cortando o seu já pequeno entusiasmo de falar para um grupo maior.

Depois de algumas divagações em animada conversa, o pequeno grupo se afastou, levando consigo a agradável sensação de ter ouvido uma boa história.

Kenhithi-San continuou no mesmo lugar, dando vazão às recordações da história antiga de Uthina, conforme havia lido nos livros da biblioteca.

Lembrou que a ilha era dividida em pequenos reinados, travando lutas entre si. Posteriormente, ficou dividida em três reinos: Hokuzan, o do norte, Chuzan, o do centro, e Nanzan, o do sul.

---

7 Pronuncia-se yutá

Os reis construíam suas moradias nos pontos mais altos e as aldeias eram administradas pelos nobres, tendo, cada aldeia, o seu respectivo Adi. As moradias do povo eram palhoças e os limites da aldeia eram demarcados por paliçadas.

— "Ah, quanta coisa perdida no tempo – pensou Kenhithi-*San*. "Se pudéssemos empreender uma viagem rumo ao passado ancestral, talvez concluíssemos que as nossas raízes são muito mais longas do que se pode imaginar".

Recordou que os homens primitivos das ilhas viviam à beira-mar, sobrevivendo do extrativismo, com aquilo que o vasto oceano lhes oferecia, além dos frutos da mata e a caça a alguns animais.

— "Quanta coisa poderíamos reviver" – suspirou, com a certeza de que estava em meio a um sonho impossível.

P or vezes, Kenhithi-San encontrava dificuldades para lembrar com rapidez as datas dos acontecimentos históricos e percebeu que era necessário exercitar mais sua musculatura mental, relembrando com insistência datas e nomes. Compreendeu que durante a viagem teria muito tempo para pôr em ordem os conhecimentos acumulados durante tantos anos, absorvidos no silêncio da biblioteca.

Um companheiro de viagem sentou-se a seu lado no *tatam* e passou a falar sobre banalidades. Então, ouviu-o dizer:

— Vejo que há algum tempo você está aqui a pensar. Se está muito preocupado com o futuro desconhecido que nos aguarda, procure não se agastar muito, pois a vida é o que é e, muitas vezes, pouco nos adianta pensar demais a esse respeito.

— Não, eu não estou preocupado. – Kenhithi-San respondeu de maneira seca, de modo a dar a entender que queria encerrar o diálogo.

O intruso estava, na realidade, interrompendo seu ciclo de pensamentos.

Quando o companheiro falante se afastou, concluiu que o melhor seria fazer de conta que estava tirando uma soneca, pois o repouso era um ato que todos tinham por norma respeitar.

Acomodou-se melhor no *tatam*, puxou sua almofada para a parede, recostou a cabeça e, com os olhos cerrados, pôs sua mente a correr pelos acontecimentos antigos, relembrando a história de sua terra. E sua alma entrava em júbilo por ter tantos cenários a percorrer.

Lembrou-se de que foram encontrados, em ruínas, alguns instrumentos rudimentares feitos com ossos de veados, que auxiliaram os primeiros habitantes na sobrevivência. Também utilizavam o fogo, já naquela época. Esses primeiros habitantes se desenvolveram nas cavernas, ou nas sombras dos rochedos, e se tornaram nômades.

Com o tempo, o aumento demográfico os obrigou a recorrer a outros recursos de moradia e de alimentação. Naturalmente, a sociedade embrionária vivia sem divisões sociais, mas, com o passar do tempo, foi evoluindo para uma sociedade de classes.

Cada comunidade aldeã agrupava-se em torno de um líder, que passou a ser denominado Adi. Os Adi se preocupavam com a harmonia e a concórdia do grupo. Essas comunidades foram intituladas de *buraku* e os casamentos eram realizados entre os membros da própria comunidade. A alimentação, os artefatos, tudo era produzido por todos e para todos, e até mesmo a água e a lenha, escassas em certas regiões, eram divididas de forma a não prejudicar ninguém.

A postura solidária foi de tal forma incutida no espírito da população, durante incontáveis séculos, que perdurou e se entranhou profundamente nos hábitos cotidianos. Prova disso era que a cortesia e a solidariedade se tornaram parte intrínseca do comportamento da absoluta maioria do povo *okinawano*.

No passar do tempo, com o aumento populacional, esses clãs, formados basicamente por indivíduos ligados pelo parentesco, foram gradativamente rompendo os limites. Resultaram daí o surgimento de outros *Adi* e novas disputas de lideranças.

Os *Adi* mais competentes acabavam por dominar os chefes menores, agregando, sob seu domínio, toda a força de trabalho do grupo subjugado, ou seja, seus agricultores e pescadores.

Criou-se um sistema político no qual os líderes iam formando um número cada vez maior de agrupamentos comunitários em torno de si. Surgiram, então, os *gussuku* ou *madiri*, mas o termo *buraku* não desapareceu totalmente.

Os *gussuku* eram unidades administrativas regionais, que persistiram durante séculos. Somente no final do século XIX, passaram a constituir vilas, denominadas de *cho*, *mura* ou *son*.

Esses agrupamentos eram implantados, inicialmente, nos pontos mais altos do relevo. No centro deles, habitava seu líder, o Adi.

As habitações eram cercadas de bambus bem tramados que, posteriormente, foram substituídos por muros de pedras, abundantes nas ilhas. A finalidade era proteger-se dos avassaladores tufões, tão frequentes naquela região.

Conta-se que na ilha de Uthina, de 120 quilômetros de comprimento, havia de 200 a 300 *gussuku*.

Como resultado das disputas entre os Adi, no decorrer dos séculos, formaram-se três grupos de *madiri*, cada um deles sob a tutela de um senhor – ou seja, do Adi mais proeminente, elevado à condição de Ô – rei. Essa época ficou conhecida como o período dos Três Reinos, compreendendo os reinos do norte, do centro e do sul. Surgiu assim um sistema socioeconômico tão peculiar que não há uma palavra bem adequada para traduzir o título Ô – na verdade, ele não se enquadrava bem como rei, nem mesmo como barão.

O reinado do norte era chamado de Hokuzan, hoje, o município de Kunigami; o do centro, de Chuzan, atual Nakagami e o do sul, de Nanzan, atualmente, o município de Shimajiri.

Os ilhéus foram, assim, se desenvolvendo, sob a tutela do rei Ô, a coordenação dos Adi e a ação dos lavradores e pescadores. Bem mais tarde, surgiu outra casta, os *yucathsu*, que eram os assessores dos mandantes.

As filhas dos reis eram chamadas de *nuuru-gami*. Elas eram consideradas as pontes de ligação entre o mundo divino e a casta mandante. Além disso, tinham a incumbência de criar músicas e versos para transmitir a história falada e cantada aos descendentes, pois era um período em que não havia a escrita. Depois, quando houve acesso aos estudos, isso se tornou privilégio dos homens da nobreza.

As filhas dos Ô eram preparadas, desde a mais tenra idade, para se tornar *nuuru*. Eram verdadeiramente reverenciadas e idolatradas, dentro e fora dos palácios. Naturalmente, para os recursos do período e dentro das nossas concepções atuais, esses palácios estavam mais para casarões.

Às filhas dos Ô competia, mais do que se preparar para a condução espiritual do palácio, compor músicas, criar coreografias para as danças

e tocar alguns instrumentos, a fim de entreter os visitantes, em nome da cortesia local.

Durante séculos, elas compuseram cânticos relacionados com a magia primitiva do povo, criaram baladas com desejos e aspirações de paz e prosperidade, falaram das ações dos nobres, cantaram o amor maternal e todas as formas de amor. Evocaram a iluminação dos ancestrais, inseriram nas músicas frases de sabedoria, provérbios, os feitos dos corajosos, as aventuras das navegações e, mais tarde, as relações comerciais com a China e as doações dos barcos pesqueiros pelo imperador Ming.

Cantaram sobre navios, fortalezas, comércio internacional, florestamento, conquista de ilhas próximas, pagamentos de tributos à China, construção de templos budistas e, dessa forma, cumpriram a sublime missão de preservar a história.

O suor na fronte de um trabalhador, a gratidão filial, a dor de uma mulher ao ver uma nau partindo com seu amado, ou seu filho, as constelações que orientavam os navegantes, tudo era fonte de inspiração para as *nuuru*, que pincelavam sempre suas obras com cunho de moralidade, no sentido de nortear os cidadãos para a conduta reta e o espírito de lealdade.

Como missionárias de tão nobres funções, lhes era imposto o celibato. Nessa condição, podiam se dedicar, sem tropeços, exclusivamente às suas tarefas. A elas, também competia treinar outras mulheres para dançar, cantar e tocar *sanshin – shamissen –*, o instrumento trazido da China para Okinawa em meados do século XIV, que até os dias atuais é símbolo da música *okinawana* – e que foi depois levado para o Japão, pelos comerciantes.

As *nuuru-gami* tinham suas almas treinadas para aguçar a sensibilidade, tornando-as aptas a captar os acontecimentos do cotidiano e convertê-los em poemas, para deleite de todos, enobrecendo os bons atos. Porém, também podiam compor músicas com conteúdos eróticos.

As *yutah* eram as sacerdotisas do povo, que se dedicavam a atender os aldeões nos momentos difíceis ou nas doenças. Muito respeitadas, além de orientá-los nas horas de incertezas, diziam ser elas as conexões entre os homens e os ancestrais de suas famílias – que sempre foram muito venerados, através de todas as gerações. Elas incutiam no povo a crença absoluta da imortalidade da alma e ensinavam como cultuar corretamente os espíritos dos ancestrais, inclusive com os rituais das oferendas.

As *yutah* tiveram, durante muitos séculos, mais prestígio que os monges, exatamente porque eram capazes de estabelecer ligações do povo com seus antepassados – considerados sempre como uma fonte de auxílio, amor e compreensão dos anseios dos seus descendentes.

6

Uma movimentação maior chamou o nosso intelectual para a realidade, pois todos se mobilizavam para o *yuban*, ou seja, o jantar. Após degustarem a refeição com calma e muita ordem, os homens se reuniram e os que tinham um *sanshin* e habilidade para tocar começaram a colocar no ar os primeiros acordes. E muitos deles se puseram a cantar.

As mulheres, formando outro grupo mais adiante, ouviam. Algumas delas permaneciam silenciosas, outras acompanhavam cantando, ou dançando, pois a dança e a música sempre foram fortes componentes da cultura de Uthina.

Nesses momentos, todos esqueciam completamente daquela estranha energia que, vez ou outra, corria dentro do peito de cada um. Energia semelhante a um pequeno choque frio, em ondas que corriam no peito, ora da esquerda para a direita ora, ao contrário, por vezes do estômago até a garganta, num aperto metálico, uma manifestação contundente do medo e da ansiedade.

As crianças adormeciam nos braços das mães e um marinheiro muito gentil, com certeza ocupando um posto relevante entre a tripulação, repetia a elas o que já tinham ouvido no comunicado do comandante:

— Nesta viagem, por ser breve, não teremos muitos entretenimentos a bordo. Mas no outro navio que fará a viagem mais longa, de Kobe a Santos, vocês terão mais coisas com que se distrair.

Pouco a pouco, as mulheres iam perdendo a timidez e conhecendo melhor umas às outras. Cada uma delas ficava impressionada com os sotaques diferentes que ouviam das novas companheiras, pois, vindas de regiões diferentes, algumas traziam palavras até incompreensíveis. Porém, à medida que se intensificavam as conversas, os ouvidos pareciam compreender melhor cada uma das palavras.

Chegada a hora determinada, todos se recolheram, embora houvesse algum tempo em que muitos já tinham se acomodado em seus *tatam*.

Kenhithi-San achava que não tinha aptidões vocais e por isso nunca exercitou o canto, nem tão pouco a arte de tocar *sanshin*. Ele se limitava a ouvir, porém, com enlevo acima dos demais, pois sabia em que circunstâncias haviam sido criadas muitas das músicas – enquanto que muitos dos que as entoavam, desconheciam suas origens.

Procurava manter para si os seus conhecimentos, vindo somente a acrescentar algum comentário, se fosse pertinente. Era importante manter bem guardados os seus conhecimentos, para não aumentar o fosso entre ele e os demais.

Alguns dos seus companheiros de viagem, com uma pitada de inveja, comentavam que ele ainda não havia desenvolvido a sabedoria tanto quanto o intelecto. E que o desenvolvimento excessivo do intelecto, sem igual acompanhamento da sabedoria, poderia levar o ser humano à infelicidade.

Era chegada a hora de dormir, com o constante balanço enjoado do navio, que não dispunha de estabilizadores. E Kenhithi-San se recolheu.

7

No segundo dia de viagem, muitos amanheceram mareados e algumas pessoas não conseguiam administrar tamanho mal-estar. A sensação de que o mundo estava girando era terrível e, como se isso não bastasse, uma incontrolável turbulência dentro do estômago levava as pessoas quase ao pânico.

O desconforto generalizado tomou conta dos viajantes, pois, mesmo aqueles que estavam fisicamente bem tinham um familiar ou um vizinho sofrendo com o enjoo. E o sentimento de compaixão para com os sofredores era real, em especial quando se tratava de uma criança que sofria. Era necessário procurar gerar o máximo de conforto possível para todos e, assim, trocavam palavras e gestos de alento e estímulo.

Naquela manhã, Kaná lutava o quanto podia para superar o mal-estar e se aproximou do seu parente Kenhithi. Procurou iniciar mais uma conversa.

— Sabe, *odissan* – Senhor – não era de bom tom abordar uma pessoa mais velha, chamando-a pelo nome – fiquei pensando como pôde o casal que desceu do céu povoar a ilha, se seus cinco filhos não tinham com quem se casar.

Ele esboçou um sorriso e disse:

— O que eu contei é uma lenda. Sempre são criadas histórias em torno daquilo que a humanidade quer muito saber e não tem condições de desvendar. Todos gostaríamos de ter clareza sobre como tudo começou, mas isso nos é impossível.

E passou a falar que os cientistas se debruçavam sobre fósseis descobertos na ilha, buscando entender o passado, mas não estava disposto a falar muito mais, sobre o assunto, naquele momento.

O lirismo das lendas era realmente interessante, mas o que de concreto se conhecia era que havia fósseis encontrados próximo à cidade de Naha que contavam com, aproximadamente, 32 mil anos de idade e que outros, encontrados às margens do rio Yuhi, numa fissura geológica próxima ao mar, tinham cerca de 18 mil anos.

Depois de dito isso, Kenhithi-San se calou e se fechou em seus pensamentos.

Kaná entendeu que para ele bastava de conversas, por aquele momento. Respeitosa, fez uma leve reverência com a cabeça, sorrindo, agradeceu e se retirou a passos leves.

Voltando à companhia do marido Koichi, Kaná sugeriu a ele que também participasse do grupo que tocava *sanshin*, pois o fazia muito bem. Mas ele era um tanto introvertido – o contrário de Kaná, que era mais tagarela. Depois, comentou também – quase num tom de quem pedia permissão e aprovação – que havia procurado novamente seu parente consanguíneo para conversar e aprender um pouco mais, pois ele era muito rico de conhecimentos.

Koichi, como os demais, achava aquele senhor meio fora do contexto, mas nada tinha a se opor, com relação às conversas que sua esposa gostava de travar com ele. Assim, sempre que podia, Kaná convidava Uthumi para ouvir as coisas que aquele parente tinha a dizer, mas a garota, na sua adolescência, pouco se interessava.

Kenhithi-San continuava em seu mutismo, perdido em pensamentos sobre os mistérios da vida humana. Em seus pensamentos, consciente das limitações quanto ao acesso a novos conhecimentos, chegava a desejar que houvesse um dispositivo de acesso a um arquivo cósmico, já que, na infância da formação do mundo, não havia a escrita para deixar os necessários registros. "Como seria útil um instrumento como esse" – pensava ele. "Quantas minúcias da caminhada humana ficaram perdidas, nas brumas dos tempos. Como seria bom ter mais informações para quem se interessasse em estudar a longínqua história".

Ficou ali a conversar com seus botões. Seus pensamentos voavam por entre hipóteses, sonhos e a realidade: "Somos um grupo a viajar para o desconhecido, como se estivéssemos partindo para desembarcar num território envolto em névoas. Causa-me estranheza e parece ingênuo o entusiasmo da maioria, que vislumbra facilidade em enriquecer nessa terra tão celebrada".

"E quão estranha é a matemática aplicada aos seres humanos, neste translado" – divagou em seu raciocínio. "Somos 77 pessoas em viagem, mas a companhia de imigração anula alguns indivíduos, ao estabelecer uma estranha classificação: até aos treze anos de idade, o passageiro é considerado ½ pessoa; e os ainda menores são considerados ¼ de pessoa. Existem aqui famílias de sete elementos que, contando desta forma, perfazem uma família de cinco e ¼ de pessoas. Muito estranha essa insignificância atribuída ao elemento humano".

Um burburinho maior o tirou de seus pensamentos. Estava sendo organizado um entretenimento para as crianças e os adolescentes e a agitação o trouxe de volta de sua viagem filosófica. Levantou-se do *tatami* e caminhou até um banco de madeira, tentando observar as atividades das crianças, porém quase sem nada enxergar.

Voltou a se fechar em seus pensamentos: "Era bom ser criança, pela ausência de preocupações e dos conflitos interiores. Mas, pensando bem, de certo modo também os adultos pareciam não ter conflitos. Afinal, ter pouca consciência das complexidades da vida dá mais leveza à condição de viver. Ele deveria ser, mesmo, uma exceção. Por isso, a implicância de sua esposa. As pessoas tinham mesmo razão chamá-lo de *miity amahá*."

Ainda seguindo na linha desses pensamentos, Kenhithi-San lamentou: "Há momentos em que eu gostaria de não saber o pouco ou o tudo que sei. Talvez pudesse navegar na alegria anestesiante da ignorância. Porém, não consigo aplacar o meu grito interior de querer buscar mais e mais conhecimento. Como me é difícil viver como todos e com todos, sendo, dentre eles, tão diferente".

Kenhithi-San era um pobre homem intelectual. Rico de conhecimento, mas pobre pela sua solidão. Procurou calar a voz interior que questionava tudo, mas foi em vão. Deixou-se ficar ali, com seus pensamentos.

O sol lançava sobre o infinito azul-marinho seus raios de luz intensa. Também ressaltava as nuvens soltas e dançantes, com suas coreografias, tendo como fundo aquele imenso azul. E que de mãos dadas com o vento passeavam pelo céu e suscitavam tantas fantasias.

E assim aquele dia seguiu.

8

O que nem Kaná e Koichi, nem qualquer dos viajantes daquele navio sabiam é que os vários imigrantes que já estavam no Brasil, na realidade, padeciam as profundas agruras advindas das decepções da propaganda enganosa de que tinham sido vítimas. No entanto, ninguém escrevia para seus parentes, no Japão, contando os absurdos a que eram submetidos, para poupá-los de preocupações e sofrimentos.

Nas cartas, procuravam enaltecer a imensidão das terras brasileiras, cuja grandiosidade era inimaginável. A terra fértil, a riqueza das matas, os vários tons de verde, a fauna, tudo era absolutamente soberbo e estes valores eram sempre enfatizados.

Apesar das privações e vicissitudes que enfrentavam, eles tinham visão de futuro. Supunham que, vencendo as condições rudes que atravessavam e lutando para melhorar as circunstâncias daquela vida, nas décadas futuras seus destinos seriam diferentes, muito melhor do que era. Com certeza, retornariam bem para o Japão ou, em último caso, os seus descendentes teriam condições muito promissoras. Os japoneses tinham sido educados para fazer planos de longo prazo. Influenciados pela China, com sua história milenar, conseguiam entender o passado e o presente, e projetá-los para o futuro mais distante.

O primeiro grupo oficial de imigrantes japoneses para o Brasil chegou a seu destino, em 1908. Embarcaram no navio Kasato Maru, na cidade de Kobe, sem imaginar que estavam entrando também em um verdadeiro engodo.

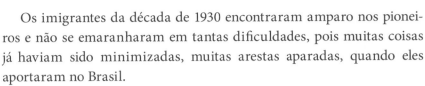

Os imigrantes da década de 1930 encontraram amparo nos pioneiros e não se emaranharam em tantas dificuldades, pois muitas coisas já haviam sido minimizadas, muitas arestas aparadas, quando eles aportaram no Brasil.

O Japão, pelas dificuldades enfrentadas economicamente, precisava promover a emigração. Ao final da guerra com a Rússia, um grande contingente de soldados, retornando à pátria, dificultaria mais ainda a sobrevivência de todos. Antevendo esse quadro, as autoridades japonesas procuraram estudar para onde deveriam voltar seus olhos. Para o Havaí, onde já vivia grande número de japoneses, as imigrações estavam fechadas, desde que aquela região foi anexada aos Estados Unidos, em 1898.

No sul do Brasil, os fazendeiros de café estavam mais fortalecidos que os usineiros de açúcar do Nordeste e, desde que houve a abolição da escravatura, necessitavam de mãos para o trabalho na agricultura. Puderam contar, por algum tempo, com os imigrantes italianos, alemães, portugueses e espanhóis, porém o governo alemão considerou desumano o tratamento dispensado a seus filhos pelos fazendeiros do Rio de Janeiro, onde predominava o plantio do café, e restringiu a emigração. O governo italiano também não aceitou a situação de extrema miséria que muitos dos seus cidadãos atravessavam, no período de recessão e baixa do preço do café.

As fazendas de café estavam implantadas em larga escala, cada uma delas contendo milhares de pés da planta, e urgia localizar mão de obra para o trato e a colheita dos mesmos.

Os brasileiros desconheciam os japoneses, embora alguns, acidentalmente, já tivessem passado pelo Brasil. Do extremo oriente, alguns chineses haviam trabalhado na Fazenda Imperial de Santa Cruz, no Rio de Janeiro, em torno de 1819, ombro a ombro com os escravos, embora diferenciados no aspecto social.

O progresso tornou-se crescente com a Estrada de Ferro Dom Pedro II, posteriormente chamada de Central do Brasil, implantada pelo Visconde de Mauá, em 1858. A estrada de ferro fortaleceu os fazendeiros de São Paulo, Minas Gerais e Rio de Janeiro, e a população do país saltou, na última década de 1800, de 13 para 17 milhões de habitantes.

Desde meados daquele século, havia restrições à mão de obra escrava, o que culminou com a Lei Áurea, de 1888, promulgando a abolição da escravidão.

Os fazendeiros estavam num impasse sem solução, pois recorrer novamente aos imigrantes italianos não lhes garantia segurança, uma vez que muitos deles abandonavam as fazendas por não suportarem os maus tratos impingidos pelos fiscais das lavouras, que não conheciam outra forma de trato a não ser aquela dispensada aos escravos.

Somavam, ainda, às suas frustrações o não recebimento das indenizações pelos escravos libertados e moveram ações contra o governo, que culminaram com a queda do imperador Dom Pedro II.

Proclamada a República, em 1889, os aristocratas do café impulsionaram acordos migratórios com a Polônia, Alemanha, Ucrânia e Rússia. Ainda assim, grande número de fazendeiros interessados em novos braços para o labor especulava sobre a possibilidade de atrair trabalhadores do Japão.

Em 1907, formalizou-se a Aliança Brasil-Japão, que poderia ser ideal para preencher as necessidades de ambas as nações.

Em 1908, com quase 800 passageiros a bordo, zarpou do porto de Kobe o navio Kasato Maru, rumo ao Brasil.

Kasato Maru era um navio produzido na Inglaterra, batizado de Potosi e vendido para a Rússia em 1900, quando recebeu um novo nome: Kazan. Saiu de New Castle, Inglaterra, para compor a esquadra de combate da frota do império czariano. Em 1904, ficou aprisionado, em Porto Arthur.

Foi incorporado à marinha do Japão, após a guerra Russo-japonesa – 1904-1905. Restaurado e rebatizado de Kasato Maru, transportou soldados que combateram na Manchuria e levou imigrantes para o Peru e o México, entre 1906 e 1908.

Na manhã de quatro de abril de 1908, famílias de 11 províncias, constituindo 781 passageiros com contratos de trabalho, além de imigrantes espontâneos, subiram a bordo do navio, na certeza de que em breve voltariam a rever os familiares que deixavam. Os que ficaram saudavam os que partiam, com bandeiras japonesas tendo nelas as inscrições *Banzai, Banzai*.

No navio, oficiais e autoridades cumprimentavam os passageiros tal como heróis que partiam e recomendavam que sempre se portassem como – *yamatogokoro* – Legítimos Súditos do Império Japonês.

O capitão inglês A. G. Steves anunciou o içar das âncoras, pediu autorização formal ao presidente da Companhia Imperial de Imigração, Ryo Mizuno, e às 17 horas e 55 minutos o navio zarpou.

Sob fina e fria garoa de primavera e, sobretudo, sob centenas de fogos de artifícios, lançados por inúmeros barcos que circundavam o grande navio, as pessoas festejaram a importante missão que os corajosos viajantes iriam cumprir.

Os passageiros, solenes, viam o sol se pôr atrás dos montes e abanavam seus lenços brancos para os que ficaram em terra, cada qual com suas incertezas, inseguranças e seus dramas pessoais aprisionados em seus peitos silenciosos.

Aqueles que vieram no Kasato Maru, em 1908, foram os que mais sofreram. A companhia de emigração e os intérpretes não estavam adequadamente preparados para uma empreitada de tal envergadura – estavam mais preparados para a conversação em língua espanhola, porque já havia emigração para o Chile e o México. O Brasil foi o último país para onde enviaram emigrantes japoneses.

9

Kamezo[8], irmão oito anos mais novo de Kaná, estava com 25 anos quando também emigrou para o Brasil, em 1937, quatro meses antes que ela – atendendo ao chamado de um tio que não tinha filhos. Como no caso de Koichi, ele também era *yochi*, isto é, adotado pelo tio como filho, pois o destino havia determinado que, na linhagem da família, ele estava na sequência de consanguinidade para assumir a guarda do *buthiran* da família.

Ao chegar ao porto de Santos, porém, havia algo incorreto na sua documentação e Kamezo não pôde desembarcar – teria que esperar até que o setor de imigração de São Paulo regularizasse sua situação. Acabou por ir a Buenos Aires, onde continuava proibido de desembarcar do navio. Confinado ao navio, com espírito jovem e curioso, sua mente maquinava uma forma de burlar a vigilância e andar, pelo menos, um pouco por terra.

Certa vez, ouvindo uma conversa entre os marinheiros, soube que mesmo não sabendo se expressar na língua local era muito importante portar uma moeda de prata de 50 ienes e apresentá-la para um motorista de carro de aluguel, que ele acabaria por deixá-lo no cais.

Kamezo olhou bem para as suas moedas, valorizou-as ainda mais e ficou cada vez mais atento para burlar a guarda. Lastimavelmente, os marinheiros eram sérios cumpridores dos seus deveres, não lhe dando chances de deixar o navio.

---

8 Pronuncia-se Kamezô

Num dia, porém, a grande chance chegou: em fração segundos, a vigilância relaxou e ele conseguiu pisar em terra firme. Seu coração experimentava algo inusitado e, de tão acelerado, quase irrompia pela boca afora. Controlou sua respiração, apertou o passo e conquistou as ruas:
— "Ah, que suprema emoção, poder fazer algo tão desejado".

Optou por uma das ruas e iniciou sua caminhada pela calçada, sorvendo com sofreguidão o que via pela frente e o que estava em exposição nas lojas comerciais. Bem mais adiante, deparou-se com uma casa que tinha centenas de coisas penduradas de forma enfileirada. Pôs-se a observar, pensando no que poderiam ser. Em Okinawa, enquanto se preparava para a viagem, ouviu dizer que no Brasil havia uma fruta muito grande, que nascia pendurada em árvores – pensou que talvez fosse aquilo.

Enquanto observava com a cabeça ligeiramente tombada para o lado esquerdo e as mãos entrelaçadas nas costas, na altura do quadril, sentiu um toque no seu ombro direito, que o fez sobressaltar. Simultaneamente, uma voz imperativa dizia: — Akamine-San. Alguém o chamava pelo sobrenome Akamine – a terminação San é a forma de consideração e respeito japonesa, usada no tratamento às pessoas. Era o próprio comandante do navio, que lhe fez delicadamente a pergunta:

— Não é proibido o senhor estar fora do navio? – e continuou: — O que está apreciando com tanto interesse?

— Estou observando essas coisas penduradas e pensando se seriam as frutas grandes que, eu soube, existem nestas paragens.

— Não, *Kamejo-San* – desta vez o comandante o chamou pelo primeiro nome. Estes são os embutidos que se usam por aqui, e são feitos de carne de porco e de gado. Este estabelecimento é o depósito de um frigorífico e aqui estão expostos os produtos prontos para venda. Mas, vamos ao que é importante. Vamos retornar ao navio.

Assim, ele não precisou usar suas moedas de prata, mas, desapontado, sentiu abortado o seu sonho de aventura.

Durante a viagem de volta para o porto de Santos, seu coração permanecia inquieto, na ânsia de saber se sua documentação estaria pronta. E se isso não acontecesse, para onde ele seria carregado? Quais seriam os próximos portos? Ou iria de volta para o Japão? Não, isso não

poderia acontecer, pois a passagem dele foi paga sem subsídios. Ele não veio na condição de imigrante e sim chamado pelo tio.

Ao atracarem em Santos, felizmente a documentação estava certa e Kamezo estava em condições legais de desembarcar e permanecer em solo brasileiro, concretizando a primeira etapa do seu grande sonho.

Na casa do tio, recebia muitas visitas. Sua experiência em Buenos Aires, onde pensou que as mortadelas eram jacas, tornou-se um conto hilário. Como ele, muitos também tinham alguma história tragicômica para contar – se não vivida por eles próprios, vivida por algum parente ou amigo. Assim, aos poucos, Kamezo foi tomando conhecimento das tantas experiências por que passaram os imigrantes anteriores.

10

Quando as visitas vinham de uma cidade distante, para dar as boas-vindas para o sobrinho de Ushi que acabava de chegar, ficavam hospedados por uns dois dias. Invariavelmente, pediam notícias de todos os parentes e conhecidos. Era hábito, quando alguém partia de Okinawa, receber, nas semanas que antecediam à sua partida, os amigos e parentes dos que já estavam no Brasil, para enviar notícias. Era uma forma de presentear com afeto aqueles que estavam tão distantes. Essas notícias levadas pelo viajante são chamadas de conversas em forma de presentes, ou, na língua de Okinawa *"miague banashi"*.

Kamezo transmitia as notícias e também tinha a oportunidade de ouvir relatos sobre os dolorosos caminhos que trilharam os primeiros imigrantes. As más notícias não chegavam aos ouvidos dos que estavam do outro lado da terra. Foi somente no Brasil que ele soube das emoções e sofrimentos vividos pelos passageiros do Kasato Maru. Assim era a história que ouviu:

O navio havia zarpado de Kobe, como todos os demais, com 800 passageiros. Singrou os mares, cortando 12 mil milhas de oceano. Nos seus 51 dias de viagem, ao balanço das águas e aspirando o cheiro do óleo diesel que impulsionava as máquinas, essas almas, ora em dor, ora exultando diante das oportunidades, estendiam seus olhos para o azul-marinho infinito, onde a paisagem não mudava. Ansiavam colocar seus pés em terra sólida, libertando-se daquele balanço infernal que revirava o estômago de tantos.

Para muitos, inclusive para seu tio Ushi, aqueles cinquenta e um dias de viagem eram a representação pungente da eternidade, com seus dias e noites infindáveis. Diante dessa primeira e dura dificuldade, era comum questionar, com a alma sobressaltada, se as decisões tomadas tinham sido as mais corretas. Mas o fato era irreversível – e quando uma esposa acompanhava o marido, sem muita convicção sobre a viagem, então era com o abismo que ela se defrontava.

Porém, todos sabiam que era necessário não turvar tanto a alma com preocupações funestas. Por isso, era mais saudável pensar que, o que importava mesmo eram as possibilidades que o grande país das árvores de frutos de ouro tinha a oferecer.

Quanto era estimulante e alentadora a ideia das possibilidades. Ela soerguia a todos da amargura, do medo, da solidão, libertando-os do frio que espreitava e queria envolver suas emoções. Sim, as possibilidades eram as vibrações energéticas para o corpo e para a alma. E a mente dizia: — Este é o meu norte: as possibilidades.

Para emigrar, a pessoa não poderia ser totalmente desprovida de recursos, pois havia despesas a serem bancadas pelos interessados em viajar. Os que não dispunham de todo valor precisavam ter crédito para contrair algum empréstimo. Aos que traziam economias, foi aconselhado pela companhia de emigração mantê-las no cofre do navio, até o desembarque, pois não convinha, segundo eles, viajar por tão longo tempo com esses valores transportados de forma vulnerável. Ao total, foram para os cofres do navio 7.675 ienes, 69% deles pertencentes aos 40% dos passageiros que eram oriundos de Okinawa.

Na noite de 17 de junho de 1908, foi comunicado a todos que no dia seguinte poderiam avistar as montanhas verdejantes das terras brasileiras. Os corações pulsaram mais forte e múltiplos pensamentos, tingidos de todas as cores, invadiram o navio, perturbando o sono geral. Todos trataram de ordenar seus pertences, para o desembarque próximo.

Só mesmo as crianças permaneceram doces, em suave ingenuidade, muito longe de desconfiar dos temores e expectativas que rondavam os corações dos adultos. Os que não conseguiam conciliar o sono vagavam por mais tempo pelos espaços livres do navio e pelo convés, fustigados pelo vento frio – era inverno no Brasil.

Os *okinawanos* estenderam por mais algumas horas sua reunião musical, sedimentando mais a confraternização naquela última noite, pois ninguém sabia se permaneceriam juntos e para que fazendas estavam destinados em terra. Os imigrantes de outras províncias tinham certeza de que sentiriam saudades daqueles acordes.

Finalmente, no dia 18 de junho aportaram em Santos, no início da noite. O céu estava límpido e estrelado, como ocorre no inverno. O Cruzeiro do Sul majestoso prometia a todos que jamais os abandonaria.

Balões coloridos e iluminados percorriam serenamente o céu. Numa magia indescritível, rojões pipocavam fogos de artifícios no ar, despertando profundas emoções nos passageiros. Consideraram aquelas como elevadas manifestações de boas-vindas ao povo que vinha para essas terras desconhecidas.

No dia 19, encerrados os trâmites de inspeção de saúde no navio, começou o desembarque. Seguindo um veterano militar, vitorioso na guerra contra a Rússia e que trazia seu peito adornado de medalhas, todos deixaram o navio empunhando bandeirinhas de seda, do Brasil e do Japão.

A imprensa aguardava frenética, observando com sua ótica jornalística um grupo tão grande e de raça tão estranha. Tudo era mistério. Já haviam acompanhado o desembarque de imigrantes europeus e estavam ávidos para estabelecer as comparações.

Em primeiro lugar, acharam uma grande deferência todos descerem empunhando bandeirinhas de seda. Um luxo. Causou também admiração todos os homens estarem de ternos pretos, camisas brancas e gravatas e chapéu ou bonés, pois tinham ouvido dizer que no Japão, no meio rural, só os professores vestiam ternos, cabendo aos demais usar *kimonos*. Não estavam sujos, ou com ar de esgotamento, e os ternos pareciam ser muito bons. Como poderiam estar tão bem-vestidos? Isso, para imigrantes, era algo inusitado.

Porém, para os japoneses isso fazia parte do código de postura de se apresentarem e se comportarem como dignos súditos do Imperador.

Com o advento da guerra, a indústria do vestuário masculino no Japão já estava bem desenvolvida. As mulheres, com vestidos de corte ocidental, luvas brancas, meias, sapatos novos e chapéus simples na cabeça.

No dia seguinte ao desembarque, uma notícia corria de boca em boca entre os imigrantes: os balões que enfeitaram o céu na véspera e também os fogos eram decorrentes de uma festa popular que havia no país, para homenagear algumas divindades. Os japoneses pensaram que estavam sendo agraciados com uma mensagem de boas-vindas – na verdade, eram fogos e balões das festas juninas.

Quando um senhor de idade descrevia as experiências vividas, ele as descrevia como se fosse pela primeira vez. E todos ouviam com toda deferência e paciência, ainda que fosse uma história repetida.

Para Kamezo, tanto a curiosidade dos jornalistas quanto a história dos fogos eram algo novo e ele ouvia atentamente.

De forma quase embevecida, seu tio Ushi se pôs a descrever as emoções da época:

— Subimos a Serra do Mar de trem, vislumbrando em êxtase a exuberância da Mata Atlântica, cujas árvores pareciam oferecer fulgurante hospitalidade, enfeitadas com muitas plantas. Uma terra assim teria muito mesmo a nos oferecer. Vez ou outra, viam-se pássaros voando plano, convivendo com a pujança daquela natureza e com o belo. Nossas almas não cabiam dentro dos nossos corações, tamanhas eram as expectativas. E a beleza da Mata Atlântica, ah, como o belo é capaz de nos elevar a alma e nos fazer verter lágrimas de emoção. Chegamos a São Paulo diretamente na Casa do Imigrante, pois a ferrovia dispunha de trilhos que levavam o trem diretamente para lá. Um estabelecimento enorme, elegante, de linhas delicadas. Tinha mais charme e leveza do que a Casa do Emigrante de Kobe, que era uma construção muito boa, mas de arquitetura reta e sem o mínimo de atrativo. A Casa do Imigrante era um prédio convidativo, de dois pavimentos, ocupando todo o quarteirão, com a área de entrada bem no centro, ladeada de corredores que davam acesso às áreas administrativas. As janelas delgadas, elegantes e envidraçadas, em espaços estreitos e no sentido horizontal, como esquecer? Das doze venezianas que compunham as janelas, somente as seis superiores abriam, ficando as de baixo, fixas. O pé direito alto da construção deixava os tetos muito distantes, o que impressionava.

Enquanto ouviam com atenção, serviam-se de chá e algumas guloseimas. A tia de Kamezo, silenciosamente, para não atrapalhar a conversa, ia repondo as iguarias.

Kamezo, discretamente, procurava estender seus olhos para a cozinha, na esperança de poder ver aquela com a qual iria se casar. A sua adoção pelo tio seria para formalizar o seu legado do *buthiram*. E se casaria com a filha de Ushi, para dar continuidade à linhagem da família.

— A aduana – continuou Ushi – começou a inspecionar as quase 1.200 malas e levou dois dias para concluir. Tivemos muito tempo para observar os detalhes do prédio. Havia consultório dentário, posto médico e no refeitório as mesas eram retangulares, servidas de longos bancos que atendiam duas dessas mesas simultaneamente. Um dos intérpretes nos disse que o prédio estava muito bem situado. Ficava no bairro da Mooca, na Rua Visconde de Parnaíba 1316. Era uma construção monumental e o complexo havia sido inaugurado em 1888.

11

Os jornalistas atentos notaram que as malas eram feitas com tramas em fibras tenras do chorão, ou de lona pintada de branco, e que os travesseiros eram muito diferentes dos brasileiros, parecendo mais uma caixinha retangular recoberta em veludo ou confeccionada em vime flexível de textura finíssima. Na realidade, não eram usados como os ocidentais sob a cabeça e sim, como sustentação ao pescoço. Notaram também que todos dispunham de caixinhas com dentifrício em pó e raspadeiras para higienizar a língua, durante a escovação dentária. E que, invariavelmente, tinham seus pentes e cada homem tinha a sua navalha para se barbear. Que o banho era constante e as roupas estavam sempre limpas. Perceberam também que no jantar, embora os últimos fossem atendidos duas horas depois dos primeiros a serem servidos, ninguém protestava e tudo transcorria na mais perfeita ordem.

Os responsáveis pela limpeza não encontravam caldo da sopa derramada e sequer um grão de arroz jogado onde quer que fosse. Não encontravam tocos de cigarros nem papéis no chão e também os hóspedes não tinham o hábito de cuspir. Concluíram, então, que se tratava de um povo muito diferente, mas nunca uma raça inferior.

Os imigrantes iriam experimentar a primeira noite em terra firme e em solo brasileiro. As camas eram de ferro, pintadas de cinza, e aos rapazes coube dormir em estrados, na falta de leitos.

Os fiscais se puseram a inspecionar as malas, com rigor. Comentavam nunca terem visto tanta ordem e que somente havia roupas novas, peças inusitadas para os costumes brasileiros e casacos para o frio.

Mas o que mais causou estranheza, e que ninguém conseguiu decifrar, foi a presença de 12 armações para criação do bicho-da-seda – não havia essa atividade, no Brasil.

Vez ou outra, um dos funcionários, admirado com um lenço de seda estampado de gueixas, um leque ou outros pequenos objetos, colocava-os em seus bolsos e os japoneses, perplexos, comentavam sobre a falta de caráter desses homens agindo assim. Eles achavam que um funcionário público seria um homem honrado, em qualquer país do mundo.

As mocinhas mais animadas se interessavam em aprender o português. Apontavam o dedo para o próprio nariz, olhos, boca, orelhas, etc., e depois procuravam dizer as palavras que as mulheres da limpeza lhes ensinavam. A dificuldade era grande e elas procuravam pronunciar da forma como conseguiam, o que muito divertia as funcionárias.

Divididos em grupos, de acordo com as regiões de onde provinham, os imigrantes assinavam os contratos de trabalho e eram enviados, gradativamente, para as fazendas que lhes tinham sido destinadas. Os trens eram fretados especialmente para esse intento.

Todos se despediam dos amigos, com promessas mútuas de, após se tornarem economicamente em condições, voltarem a se encontrar.

No trem, depois de algumas milhas, todos puderam ver aquela imensidão de terras de pés de café, plantados em fileiras bem ordenadas, demonstrando bom critério e pujança. Era um mar de plantações.

Vez ou outra, uma árvore florida encantava a todos. Mesmo os urubus planando, em suaves círculos, causava admiração. Tudo era motivo de encantamento.

As mulheres, preocupadas com a saúde da família, pensavam em poder cozinhar de forma diferente ao chegarem às fazendas. Porque aquela comida da hospedaria, com aquele arroz gorduroso e seco, feijão salgado, uma carne estranha, aromas estranhos, não era possível assimilar. Todos haviam recebido um pão gordo e massudo e uma peça de salame, mas achavam o cheiro de alho no salame muito forte e o pão muito seco. Que fazer?

Uma das mocinhas estava ensinando aos que estavam ao seu redor as palavras que havia aprendido na hospedaria, quando passou por entre eles o intérprete destinado a acompanhá-los. Vendo o entusiasmo da mocinha, pôs-se a ouvi-la e imediatamente interferiu na conversa, alertando-a de que o que ela estava dizendo eram palavras obscenas. Ela estatelou os olhos. Depois, numa indignação geral, constataram que as mulheres da hospedaria lhe haviam ensinado tudo errado, apenas para se divertir.

A mocinha perdeu o entusiasmo. Não ficou com raiva, mas afundou-se no banco duro do trem. Ficou tão acabrunhada e infeliz, como se sua dignidade tivesse se esvaído pelo chão, sendo triturada pelas duras rodas de ferro do trem.

Então, pensou nas suas amigas que certamente também passariam por dificuldades e vexames, usando as palavras recentemente aprendidas.

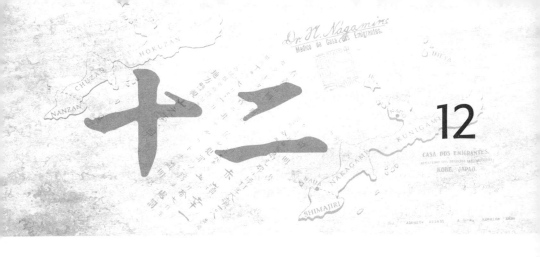

O navio Naha Maru continuava cumprindo a sua missão. Partindo de Naha, capital da província de Okinawa, situada a sudoeste da ilha, a embarcação navegava voltada para o mar da China – um mar facilmente navegável e que muito auxiliou no comércio internacional, durante o período em que Okinawa era uma nação independente.

Naha Maru seguiu rumo ao norte, atravessou *Kuro-Shio*, a corrente marítima que tanto dificultou a navegação aos primeiros navegadores, que dispunham de menos recursos náuticos. Cortava as águas do Oceano Pacífico, rumo a Kobe, cidade incrustada na grande ferradura que também abriga o porto de Osaka, no Japão.

Seus passageiros, cada qual dentro de seu universo de dúvidas, conflitos e anseios, viajavam a seu próprio modo: Kaná sempre cheia de vontade de aprender, seu parente intelectual sem um companheiro à sua altura mental, com quem discutir assuntos mais complexos e Koichi revendo sua vida, pois tinha um passado forte a ser lembrado.

Tempo para pensar ou relembrar o passado era o que não faltava. E Koichi se pôs a lembrar de coisas de sua família. Seus pensamentos se perderam nas recordações: diziam alguns familiares idosos que a família Isha descendia de um dos membros de um Ossama – os reis Ô da época mais remota – e que, até algumas gerações passadas, possuíam barras de ouro – coisa absolutamente admirável, numa ilha tão pobre. E seu pai ainda tinha *tura* – um pequeno silo construído de forma elevada para evitar umidade e ataque de roedores – para armazenar cereais – um raro privilégio, num local onde os grãos tornaram-se tão escassos.

A casa de Isha era *muutu-ya*, ou seja, a casa matriz da linhagem. Seu pai era guardião de todos os *buthiran* – oratório de família – dessa linhagem. Quando um descendente possuidor do legado de um oratório não mais tivesse um membro masculino de consanguinidade direta, para continuar zelando por ele, entregava-o para anexar ao conjunto de oratórios da casa matriz.

Eram muitos os oratórios existentes, ocupando um espaço especial na casa, destinado para sua reverência. O túmulo da família também era respeitável no tamanho, pois eram muitos os ossos exumados. Dentre eles, havia ossadas de ancestrais com maxilares bem grandes e punhos bem maiores que os atuais, mas ninguém sabia dizer a idade que tinham. Haviam conseguido identificar seus ascendentes de até 800 anos passados, porém a identidade dos demais ficou perdida nas brumas do tempo.

O próprio Koichi trazia, no navio, um oratório que pertencera a seu tio, pelo qual foi adotado, para dar continuidade a esse legado.

Por isso, era imprescindível ter um filho – homem, é claro, para manter a tradição. Se tivesse só filhas, a primeira teria de casar com o segundo filho do seu irmão primogênito. Se não tivesse filhos, ou se sua filha não se casasse com o primo, o oratório teria de ser anexado aos outros da casa matriz, após o desaparecimento do último membro do casal.

Um tanto desconfortável, Koichi lembrou que já havia algumas gerações que a educação doméstica de sua família não vinha recebendo o vigor necessário, de tal maneira que seu pai se tornou um daqueles beberrões incorrigíveis que, quando estava estimulado pelo *saquê* – aguardente feito de arroz –, trazia tantos amigos quanto podia para dentro de sua casa e tudo se transformava em festa. Sua mãe era uma doce e suave criatura, sem pulso para manobrar o marido – a bem da verdade, quando o marido tem essa natureza, é pouco provável que exista alguma mulher que o consiga demover.

Koichi lembrou também que sua mãe atendeu aos filhos e ao infindável número de amigos do marido, em festas, enquanto também cuidava

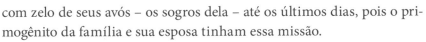

com zelo de seus avós – os sogros dela – até os últimos dias, pois o primogênito da família e sua esposa tinham essa missão.

Tudo o que tinham, com exceção do local onde moravam, transformou-se em matéria prima para as agradáveis reuniões de seu pai com os amigos, e a dívida foi crescendo. É claro que a família pouco sabia sobre as dívidas, até que a situação se tornou insolúvel. O grande credor de seu pai, um dia, deu-lhe um ultimato:

— Já que você não paga a sua dívida, até que o faça, ficarei com o seu segundo filho.

Não foi sequestro. Foi uma negociação, uma venda. Essa era uma prática usual no Pacífico Sul daquela época. Vendiam um membro da família não para quitar a dívida, mas sim para o pagamento dos juros, com o trabalho dele.

Koichi tinha um sólido conceito sobre honradez e, aos 17 anos, foi para a casa do credor de seu pai, trabalhar para fazer frente aos juros. Percebeu logo que isso não o levaria a lugar algum e esperou completar 18 anos para procurar o seu Senhor – ou o seu dono, como era considerado – e propor a ele uma licença. Ele se afastaria por um tempo, engajando-se num grupo que estava sendo recrutado para trabalhar em Hamato – antigo nome do Japão. Havia lá várias frentes de trabalho, que se mostravam interessantes. Dessa maneira, poderia juntar o dinheiro para quitar as dívidas assumidas por seu pai.

O credor, então, lhe disse que, durante todo o tempo em que esteve ao seu serviço, o havia observado atentamente e notou ser ele um rapaz especial. Muito aplicado, de bons princípios e que demonstrava por todas as suas ações ser merecedor de um crédito especial. Concedeu-lhe então a licença, pelo tempo que fosse necessário. E assim, Koichi foi trabalhar em Hamato, a fim de arrecadar o valor que era necessário.

Embora, desde a anexação de Okinawa como província do Japão, o uso do idioma nativo tivesse sido proibido, o povo continuava a utilizá-lo. Desse modo, Koichi pouco conhecia do idioma japonês, o que lhe causou grandes dificuldades, nessa época de sua vida.

Chegado o momento da partida para Hamato, com seu coração transbordando de esperanças, despediu-se de sua mãe, uma senhora sempre pacífica, amorosa e tolerante, a criatura que balsamizava a alma

Kaná 55

de seus filhos, quando estes reprovavam a conduta perdulária do pai. Tomou entre as suas mãos, jovens e vigorosas, as delgadas mãos de sua mãe e, olhando terna e profundamente em seus olhos, disse que voltaria são e salvo o mais breve possível, com dinheiro suficiente para saldar toda a dívida do pai e ainda com sobra – essa era uma promessa que brotava do fundo da sua alma e, em que ele acreditava profundamente.

Ouviu sua mãe lhe dizer, em lágrimas, que sendo ele um filho tão especial, os ancestrais o protegeriam em todos os momentos, com todos os seus poderes divinos.

Embarcou no porto de Naha e seguiu para seu destino. Quando ele e outros jovens chegaram a Hamato, foram submetidos a testes. Acharam que Koichi tinha um físico perfeito, com altura acima dos padrões normais, vigoroso, resistente. Tinha um bom porte físico e um aspecto que inspirava muita confiança. Com certeza, seria eficiente e responsável no trabalho, como era necessário. Foi recrutado para as minas de carvão.

No primeiro dia de trabalho, o que mais o chocou foi ter de trabalhar nu – e não entendeu o porquê. Com uma lanterna presa à testa, desciam em tosco elevador até as entranhas da terra e lá trabalhavam por horas, sem a menor noção do tempo. Trabalho ininterrupto e aplicado, sempre atentos aos eventuais desabamentos. Exigia de todos muita concentração e muita responsabilidade.

Singrara os mares com os braços de sua alma largamente abertos, para abraçar as oportunidades de bom ganho financeiro. Sim, o trabalho melhor remunerado era o seu, mas trabalhar desnudo lhe parecia um tanto aviltante. Mas tinha que se acostumar a enfrentar diariamente aquela situação, descer através de elevadores de poço para a escuridão absoluta e extrair o carvão mineral nos veios mais profundos, em galerias escavadas, cujos tetos eram sustentados por escoras.

Era cauteloso e não tinha medo, pois sabia que diante da sua determinação de voltar ileso e com todo o dinheiro necessário, nada de grave poderia lhe acontecer.

Os dias eram extremamente difíceis, dolorosos até. Mas tudo era suplantado, porque estava sempre sintonizado com o seu objetivo. Isso o auxiliava no combate à claustrofobia, à renúncia da visão do sol e da natureza, com os quais estava unido, desde que nascera.

A falta da visão daquele imenso mar, sua brisa, seu cheiro, o luar projetado em suas águas, o sol intenso que fazia dançar aos seus olhos nuances maravilhosas daquele mar de fundo coral, tudo isso mexia muito com ele. Toda essa ausência do belo fazia ecoar em seu peito uma angústia apertada que, por vezes, quase o levava à dor física.

Quando a solidão e o desalento chegavam ao auge, ele caminhava um pouco a esmo e, não raras vezes, sentava no chão, à maneira nipônica. Curvava-se com os braços justapostos, como que agasalhando a própria dor secreta. Relembrava repetidas vezes a promessa feita para sua mãe. Dizia a si mesmo que um homem de verdade não foge do destino traçado e prometia aos seus ancestrais que sairia vitorioso daquelas vicissitudes.

Diante de uma circunstância da qual não poderia fugir, procurou fazer da dor e do trabalho dedicado a argamassa mais poderosa para esculpir o seu caráter. Determinou que jamais suas ações no futuro iriam atingir negativamente a quem quer que fosse. Decidiu que, ao constituir família, jamais colocaria seus filhos em situações de dificuldades financeiras. Assim, a dor, a renúncia e a obstinação forjaram nele a essência de um cidadão correto, determinado, discreto e leal.

Foi um período que lhe deixou marcas profundas e dolorosas, pois sempre considerou, numa interpretação equivocada, que esse trecho de sua vida tinha algo de muito vergonhoso, pois ter trabalhado nu era algo inconcebível. Erroneamente, ele focou somente a parte visível do ser humano e não considerou o que de mais importante ele portava: as qualidades que revestiam seu caráter, que eram a sua verdadeira veste interna, o mais indestrutível dos trajes.

Finalmente, ao chegar do seu exílio, entregou quase tudo que ganhou a seus pais e a seu tio doente. Todas as dívidas foram pagas. Os últimos meses de vida, tanto do seu tio quanto de seu pai, e consequentes despesas dos funerais, também foram custeados pelo dinheiro que ele havia angariado em Hamato. Koichi sabia que, para sua própria sobrevivência, sempre teria condições de conseguir o necessário.

Koichi nunca chegou a comentar com sua mãe as grandes dificuldades enfrentadas, para não deixá-la constrangida. Passou a enaltecer com mais veemência as coisas da sua ilha, sobretudo a limpeza do ar

onde viviam, pois onde havia trabalhado, em Hamato, o conglomerado de indústrias com suas chaminés potentes, por vezes o impedia até mesmo de enxergar o céu.

Assim que pode, procurou certa companhia pesqueira com a qual se relacionara antes e se ofereceu para acompanhar a próxima expedição de pesca. Sua alma necessitava estar novamente entre o céu e o mar de Okinawa.

Quando zarparam, seu coração em júbilo se esforçava para conter um grito de alegria. Era exatamente daquilo que ele necessitava, até o fundo de sua alma.

Ao afastar-se do solo e ver as várias tonalidades das águas, tudo era muito íntimo e visceral. Trazia no espírito o gosto pela aventura e pela liberdade, herdado desde remota antiguidade de seus ancestrais que viveram entre a terra e o mar.

Nas águas rasas, os minúsculos animais formadores de corais com aparências de pequenas árvores, cúpulas, pequenos tubos e crostas, exibiam suas cores, branco, laranja, amarelo, verde, violeta, brônzeo, preto, vermelho, dando ao mar nuances indescritíveis. O sol caprichoso ainda alterava esses tons, de acordo com a inclinação de seus raios e a densidade das nuvens existentes no ar, criando variações indescritíveis e belas.

As fendas marinhas próximas aos arrecifes criavam repentinamente aquele tom marinho profundo, que Koichi valorizou mais do que nunca – ele sabia que essa era uma característica especial da sua terra natal. Cardumes de minúsculos peixes exoticamente coloridos completavam aquela visão do paraíso.

Koichi não se cansava de admirar tanta beleza. Sentia o vento cálido daquele mar acariciando seu rosto e cabelos. O pôr do sol estonteante, por trás daquelas águas, tornava-se um vermelho forte e ocupava quase todo o horizonte. E quando a lua despontava, clareava o céu exatamente onde ele se encontrava com o mar. Surgia de mansinho, clareando e subindo, traçando um caminho de luz pela água do mar, até encontrar o barco em que Koichi navegava. Realmente, um cenário de tanto encantamento era especial para tocar *sanshin* e cantar.

Esse reencontro com as belezas de sua terra foi imensamente gratificante. Koichi sentiu-se revigorado em todo o seu ser. Quando voltou para sua família, sentia-se pleno, com a alma em paz, em comunhão com o céu, a terra e o mar.

Trazido de volta para a realidade por um balanço mais forte do navio, Koichi observou ao longe algumas formações de nuvens mais densas, talvez indicando a proximidade de chuva.

No convés do Naha Maru, seguindo rumo a Kobe, sua mente continuava absorta – não ansiava, nem se preocupava. Apenas revia fatos de sua vida, como que preparando seu espírito para o que estava por vir. O pensamento voou novamente e Koichi se lembrou de outra época de sua vida.

Em sua infância, ouvia-se muito falar que Hamato sempre estava em guerra. Ora interna, por cem anos, entre os próprios feudos, ora com nações vizinhas. Quando, em 1879, Okinawa foi oficializado como parte do Japão, havia sido implantada a era chamada *Meiji* – 1852-1912 – restaurando os poderes da família imperial, que implantou medidas históricas para colocar o país na modernidade. E uma dessas determinações foi a de erradicar o analfabetismo.

Nas primeiras décadas de 1900, essa determinação já se fazia sentir nas mais remotas ilhas, com fiscais circulando pelas comunidades para averiguar se não havia crianças fora dos bancos escolares.

Na comunidade ancestral onde Koichi nasceu, essa determinação foi recebida com desconfiança. Corria o boato de que atrás dessa obrigatoriedade de mandar os filhos para a escola outras ações arbitrárias viriam, como a de convocar os mesmos para a guerra. Especulava-se que Hamato recrutaria os jovens letrados para suas frentes de batalha e não havia nada mais hediondo que isso.

O pai de Koichi, amoroso como era, tentou preservar os filhos. Quando um fiscal aparecia, ele, como tantos outros pais de famílias, mandavam as crianças se esconderem. Por vezes, os meninos subiam em árvores para não serem vistos.

Assim, os anos se passaram e, como consequência, Koichi se deparava na vida adulta com essa lacuna, por não ter frequentado escolas. É bem verdade, também, que, onde moravam, os dias corriam sempre iguais e para as atividades do local pouca necessidade havia de se estudar.

Nesse relembrar profundo, ao balanço do navio, Koichi estava completamente absorto, quando um grupo de meninas adolescentes passou ruidoso por ele, chamando-o de vez à realidade.

Aproximou-se de alguns amigos que conversavam com outros novos companheiros, vindos de regiões distantes de Uthina, trazendo um sotaque carregado, bem diferente dos que ele conhecia. As conversas se prolongaram, com o colorido das experiências de cada um.

13

Kaná andava cada vez mais mareada. Tinha a sensação de que as potentes máquinas que faziam deslocar todo aquele peso do navio vibravam também dentro do seu corpo já combalido. Procurava lutar o quanto podia contra o mal-estar que empanava o brilho das coisas do seu dia a dia, no navio.

Para se distrair um pouco, e também para aprender, pois sua sede de conhecimento era grande, sempre que sentia não ser inoportuna procurava o seu parente intelectual. Naquele momento, o Kenhithi-San estava conversando com o imediato do navio, perguntando algo a ele.

Kaná se achegou, sem, porém, invadir o espaço dos dois homens que confabulavam. Com seu cabelo absolutamente preto, bem estirado, com um perfeito coque na nuca, rosto redondinho e bem delineado, ela esperava, com sua discreta graciosidade, pois sentia que os dois estavam para encerrar o diálogo.

Assim que o imediato se foi, o Kenhithi-San voltou-se para Kaná e disse:

— Eu estava perguntando ao imediato se já havíamos ultrapassado a linha de Satsuma. Ele disse que passamos, há cerca de uma hora. Poucos sabem o quanto esse nome mudou a história da nossa nação. Você mesma deve saber pouco mais que a palavra *satsuma-imo* – batata-doce-, não é mesmo?

— É verdade.

— Pois é. Referindo-se à batata-doce, deveríamos chamá-la de batata-da-China, batata-da-Índia, batata-de-Uthina, ou simplesmente de *umu*, como dizemos em nosso dialeto – qualquer desses nomes caberia. Menos de *satsuma-imo*.

— Por que, *odissan*?

— A palavra *Satsuma* nos leva a uma grande e dolorosa história. Pouco a pouco, vou lhe contar fatos que não se aprendem nos bancos escolares. Vamos nos acomodar no *tatam*, que é mais confortável. Quando sentamos nos bancos, os nossos pés ficam pendidos a esmo, pendurados no ar, e se torna muito cansativo – observou Kenhithi.

— É verdade, – aquiesceu Kaná.

Acomodados adequadamente nos *tatam*, Kenhithi-San começou a relatar que Uthina era um país independente, pagando tributos à China, como todos os outros países do Pacífico.

A China era muito poderosa, tanto pela sua dimensão territorial quanto pelo domínio de uma cultura muito avançada. O país que desejasse estabelecer comércio com ela devia pagar tributos, mas os que não estabeleciam também pagavam, pois a China prometia dar proteção e estabelecer a harmonia entre todos.

O Japão se recusou a pagar os tributos, não podendo, então, com ela negociar. Uthina intermediava o comércio entre os dois países e navegava por todo o oriente, estabelecendo uma dinâmica malha de comércio marítimo.

Desde os tempos mais remotos, os ilhéus se aventuravam pelo Mar da China, águas mais exploráveis, nos tempos de menos recursos na navegação. Ao norte, havia Kuro-Shio, ou Corrente do Japão, fluindo de Taiwan para cima.

Os primeiros navegantes, dotados de espírito aventureiro e pesquisador, observavam obstinadamente os movimentos dos ventos. Percebendo a presença das monções – ventos fortes e periódicos que atuavam no sul e sudeste asiáticos e ajudavam, sobremaneira, nos tempos de navegação precária – empreendiam suas viagens, explorando o mar da China Oriental.

Havia intenso intercâmbio com os povos dos Mares do Sul, tanto os *uthinanthu* – os homens de *Okinawa* – indo, quanto os homens de outras nações aportando na ilha. O que, inevitavelmente, acabou por deixar um resultado genético diversificado, devido às interações das várias etnias.

No verão, os ventos sopravam do mar para o continente: então, os ilhéus partiam. De abril a setembro, os ventos sopravam mais para o norte: assim, esse era um bom período para viajar rumo a Nan-Kin, capital do Império do Meio, como era chamada a China – Império do Meio, porque os chineses acreditavam que a China era o centro do mundo.

De outubro a março, época do inverno, quando o vento soprava do continente para o mar, a época era ideal para o retorno dos navegantes para suas ilhas.

Ao retornarem para Uthina, sempre traziam relatos agradáveis daquelas paragens. Era muito fácil compreender o encantamento daqueles homens por uma terra de dimensões tão grandes, de cultura avançada, de terras férteis inacabáveis.

Quando retornavam para suas aldeias, os navegadores contavam e cantavam as maravilhas que viram e, possivelmente, acrescentavam alguns pontos extras para dar mais colorido aos seus relatos.

A cultura de Uthina nesse período, permeável a informações externas, agregou várias influências recebidas dos viajantes. Nessas missões, empreendiam viagens embaixadores, suplentes, sacerdotes, estudantes, servidores da corte e outros que, além de estabelecerem negócios, iam, também, em busca de cultura.

Quando as missões do Japão com a China foram interrompidas, os *uthinanthu* se tornaram primordialmente os comerciantes intermediários, pois os poucos *samurais* ou comerciantes privados que efetuavam negócios não o faziam de forma regular e sistemática.

— Voltando-nos mais para a história de Uthina, enfatizou Kenhithi-
-San, precisamos lembrar de um homem chamado Tametomo Minamoto. A história antiga de Okinawa fala também de dinastias mitológicas e dinastias lendárias. Uma delas é especialmente interessante, na sua origem. Conta que um *samurai* e Hondo – outro nome dado ao Japão –, chamado Tametomo Minamoto, tendo guerreado com outro sa*murai* e perdido a luta, vexado, lançou-se ao oceano. Depois de lutar para sobre-

Kaná

viver em alto-mar, chegou à acolhedora ilha Uthina e lá acabou casando com a irmã de um Adi, líder local de Ozato, no sul da ilha.

Tempos depois, resolveu voltar para a sua terra natal, deixando na ilha sua esposa e seu filho. Chegando a Hondo, o *samurai* foi hostilizado pelos seus rivais, com a alegação de que ele havia trazido demônios consigo, juntamente com os nativos de outras terras, começando assim uma nova contenda. Após perder uma nova batalha, desalentado, tomou sua espada e a fincou no próprio abdome. Isso teria ocorrido em 1177, sendo que esse ato teria se tornado o precursor da prática do *seppuku* ou *haraquiri* – a prática do haraquiri consistia em pegar uma pequena espada, enterrá-la no abdome, do lado esquerdo, movê-la horizontalmente para o lado direito e depois para cima, promovendo cortes totalmente destrutivos e fatais.

Convencionou-se, então, entre os *samurais*, ser o *haraquiri* a forma nobre de se livrar da morte por decapitação por um carrasco profissional, ou uma forma de demonstrar extrema lealdade ao seu senhor, ou, ainda, como protesto a uma decisão superior injusta.

Diz, ainda, a lenda que a esposa e o filho de Tametomo Minamoto, durante anos seguidos, iam até o cais e lá ficavam por várias horas a cada dia, estendendo seus olhos saudosos nas águas do extenso mar, na esperança de ver uma embarcação trazendo de volta o seu ente querido. Por isso é que dizem que aquele local tem até hoje o nome de *Mattiminato* – *matti* : espera; *minato* : porto –, ou seja, porto de espera.

O filho de Minamoto, nascido em 1166, chamava-se Shunten, mas também foi conhecido como Sonton. Tornou-se Adi de uma região chamada Urasoe, no sul da ilha, próxima ao porto de Naha. Em 1187, com poucos anos de atuação como Adi, avançou para o reino do centro a fim de destronar o Riyu.

Tendo conquistado o reino do centro, criou a Dinastia Shunten, que durou sete décadas, de 1187 a 1259, abrangendo três gerações.

14

Kenhithi-San se ajeitou melhor no *tatam*, voltando à realidade do balanço do navio. Percebeu que havia se perdido no tempo, empolgado com a fascinante história de sua terra.

— Perdoe-me, Kaná-thian – o *thian* acrescido ao nome da pessoa é uma expressão carinhosa – eu estava falando sobre Satsuma e acabei por divagar nos meandros mais distantes da nossa história. Creio que você achou enfadonho ouvir coisas tão antigas.

— Em absoluto, *odissan*. Eu estou agradecida aos meus ancestrais por me permitirem chegar próximo a esses conhecimentos. Graças à sua cultura, estou tendo essa rara oportunidade de ouvir coisas de épocas tão antigas. Não sei quem mais, a não ser o senhor, poderia saber tanta coisa.

Satisfeito com o reconhecimento, Kenhithi-San completou:

— São acontecimentos que não posso estar falando ao léu, porque algumas pessoas dizem que não sabem de onde tiro essas coisas. É mais fácil imaginar que são fantasias minhas do que admitir que são buscas incessantes nos livros e jornais arquivados. E disciplina mental, para memorizar essas informações. Na realidade, para o comum das pessoas, é mais agradável estar em grupos, nas casas de banho ou nos *juri-nu-ya* – casas de mulheres – do que estar lendo e estudando.

— É verdade. Eu sei bem o que são essas preferências pelos *juri-nu-ya*.

E assim encerraram a agradável conversa, pois um pequeno grupo de adolescentes, acompanhando Uthumi, se aproximou, monopolizando a atenção dos dois.

Foi nesse momento que Oshiro-San, um senhor de consanguinidade com a linhagem Tobaru, à qual também pertenciam Kenhithi-San e Kaná, aproximou-se e, depois de ligeiras considerações sobre a viagem naquele dia, externou sua preocupação com a indisposição física de sua esposa:

— Estou um tanto preocupado, pois ela não consegue sair do leito, tal a intensidade de sua indisposição. Se continuar mareada assim, receio que não consiga chegar ao Brasil.

– Não fique tão apreensivo. No próximo navio tudo pode melhorar, porque, sendo maior, oferecerá mais estabilidade. Além do mais, estamos atravessando o Kuro-Shio, uma corrente marítima que dificulta a navegação. Devemos ir até ela levar um alento. E virando-se para Kaná, disse:

— Por favor, vá até ela e a conforte.

Assim, ela se afastou dos dois senhores e se uniu a outras senhoras, que também estavam procurando estender solidariedade à Oshiro-San no *obassan* – a senhora do senhor Oshiro.

Dormiriam mais uma noite no navio e desembarcariam em Kobe, onde se alojariam na Casa dos Emigrantes, aguardando a finalização dos trâmites documentais.

15

Os passageiros vindos de Okinawa desembarcaram em Kobe e foram encaminhados à hospedaria dos emigrantes, que fora construída dez anos antes, em 1927. Uma construção retangular, sóbria e despojada, pegando toda a frente da quadra, onde outros 501 emigrantes, vindos de várias províncias do Japão, já aguardavam. Somados aos 77 oriundos de Okinawa, eram 578 hóspedes para empreender viagem, trazendo cada qual seu sotaque regional.

Nos quartos, em vez de *tatam*, havia beliches de ferro. O cardápio nas refeições já começava a variar um pouco, pois agora a maioria de viajantes era de Naiti – outro nome dado ao Japão. Já se percebia em certas iguarias a presença do açúcar, o que não era usual em Okinawa.

Kenhithi-San, o intelectual solitário, colocou sua massa cinzenta a funcionar e pôs-se a recordar a história mais remota do Japão. Caminhava com suas mãos justapostas para trás, na altura das nádegas. Por vezes, olhava para as coisas, sem enxergar, pois sua visão estava voltada para os acontecimentos do passado.

Lembrou-se de que, apesar da grande pobreza que permeava o povo em geral, o Japão atingiu na aristocracia um grande apogeu. Em 710, a imperatriz reinante, Gemmyo[9], mandou construir uma capital para que a família real, descendentes de Amaterasu – a linhagem divina – fixasse num só local suas residências.

---

9 Pronuncia-se Gemmyô

Na planície de Yamato, foi construída Nara, nos moldes de Changna, a cidade sede das dinastias Sui e T'ang, da China. As principais avenidas receberam traçados simétricos, retangulares, em forma de xadrez. Nessa urbanização bem planejada, foram construídas as residências e palácios da aristocracia e membros do governo, além dos grandes mosteiros e templos budistas.

Nesse período, o fervor religioso dominou a corte de tal forma, a ponto de levar o imperador Shomu, após 25 anos de reinado, a abdicar do trono e unir-se aos monges, criando a tradição dos imperadores retirados.

Sua filha Shotoku reinou por sete anos, permitindo depois que o monge Dokyo governasse em seu lugar, de 758 a 765. Estranhamente, essa foi a única vez na história do Japão que o trono da linhagem milenar de Amaterasu foi ocupado por um estranho e não foi contestado pela nação. Porém, após esse incidente, o conselho de ministros resolveu excluir as mulheres dos processos sucessórios, até o século XVIII.

A descoberta de minérios como o ouro e o cobre contribuiu para a prosperidade, com a construção de templos por todo país, e o clero, bem organizado estruturalmente, acabou por desempenhar um papel político preponderante.

Os conventos, hospitais e orfanatos, construídos em torno dos templos, atenuavam a miséria do povo, sobretudo nos locais mais remotos.

Na capital, essas organizações religiosas abusavam de seus privilégios, com terras doadas pelo império e isentas de impostos. Em certo tempo, toda produção mineral foi absorvida para a fundição de estátuas e peças para o culto religioso. Daibutsu, o Grande Buda de Nara, consumiu toda produção de cobre e ouro do país durante os 15 anos de sua construção. Os grandes monumentos funerais e o serviço militar também contribuíram para a exaustão financeira do país.

O imperador Kammu, que reinou de 781 a 806, limitou a capacidade do clero e acabou com o recrutamento de militares para combater o povo Ainu, natural de Hokaido, preferindo contratar batalhões de principados locais, dando-lhes direitos sobre as conquistas. Sem perceber, acabou contribuindo para a formação de grupos militares obedientes a um senhor local, sem controle do reino central – os embrião dos futuros *samurais*.

Em 894, o Japão rompeu relações diplomáticas com a China, o que permitiu o florescimento da cultura interna, sem a imitação servil daquela grande nação.

A tradicional família Fujiwara começou a agir como contrapeso na exorbitante ascendência do clero junto ao poder reinante e influenciou na decisão do imperador Kammu em transferir a capital para Hein – futura Kiyoto – a fim de se distanciarem das ordens religiosas, tão fortemente estabelecidas em Nara.

O comando mudava radicalmente de lado. Passou a pertencer à família Fujiwara, que encontrara a forma ideal de chegar ao poder absoluto: casava as mulheres do clã com o herdeiro do trono e designava familiares, para os postos chaves do governo.

Duas outras famílias tiveram grande poder na história do Japão. Os Minamoto e os Taira. As duas famílias descendiam da linhagem do imperador e lutaram para preservar a família real em Kyoto. O poder ficou dividido entre essas três famílias.

Quando Kenhithi-San estava num processo de livre mergulho na história do Japão, Koichi se aproximou e, depois de breve alusão às documentações e algumas coisas relacionadas àquele dia e à movimentação dos que ainda chegavam de outras províncias, disse:

— O senhor sabe que já estive aqui no Nihon[10] – outra denominação atribuída ao Japão – anteriormente?

— Não, não sabia.

— Vim trabalhar, com o objetivo de resgatar as dívidas de meu pai.

— Que nobre objetivo.

— Foram dois anos de trabalho. Antes de partir de volta para Uthina, fui a Nara, onde tive ocasião de participar de uma filmagem, numa cena em torno do grande buda. Fiquei impressionado com o tamanho do monumento.

— Ah. Eu estava, há pouco, pensando nele.

— O senhor também o conhece?

— Não, não conheço. Tudo que sei a respeito é pelos livros. E eu justamente dizia a mim mesmo: – Que pena não estar em Nara, em vez de Kobe. Seria tão mais interessante.

Enquanto ambos caminhavam a passos lentos até uma sala onde sempre havia chá, o nosso intelectual pensava: —"Incrível o movimento da vida, e onde ele nos enquadra. O meu parente, que não se despertou para a vida de Nara, teve oportunidade de estar lá e eu, que tanto me interesso, não pude ir. Por que não faz a vida um trabalho integral conosco, completando o ciclo dos nossos interesses? Tive acesso às informações, despertei-me e não pude estar lá e ele, que não acordou para a história, esteve, e bem provavelmente não chegou a se sensibilizar. Por que a vida é assim? Ou será que ela quis racionalizar a distribuição das oportunidades? Deixa-nos incompletos para aguçar a nossa busca constante ? Mas se tudo viesse completo, seria tão mais prático e agradável. Porém, incompletos, talvez obriguemo-nos a trocar informações, nos tornamos humildes, mobilizamo-nos e nos tornarmos mais ágeis mentalmente. É, talvez faça mesmo parte da sabedoria da vida não nos dar oportunidades totais, mas não tenho disposição para perguntar a ele o que viu lá de mais pitoresco, ou coisas alusivas às quadras bem traçadas ou às construções. Não, não tenho essa disposição".

E a conversa, enquanto degustavam o chá, ficou em torno de qualquer banalidade. Mas valia estar lá naquele momento, pois o chá, naquela temperatura, com aquela densidade tão acertada, parecia um bálsamo do céu a deslizar peito abaixo, reconfortando o corpo e a alma. Sentir a temperatura do chá, antes de levá-lo à boca, com a xícara sem alça, totalmente envolta na palma das duas mãos, também levava a um prazer singelo, indescritível.

Incrível. Como uma coisa tão simples era capaz de conduzir o ser humano ao sereno prazer.

16

Enquanto aguardava na Casa dos Emigrantes em Kobe, Kaná pôs-se a recordar algumas passagens de sua vida.

Naquela época, os casais eram formados por *miyee – miai*, em japonês –, ou seja, apresentados para o casamento pelas famílias, o que acontecia sem namoro. Eram, em geral, dois desconhecidos que tinham a função da perpetuação da família e, depois, a responsabilidade pela manutenção da mesma. É obvio que, com o tempo, vinha o amor, o carinho e um ideal comum.

Era normal também o conceito de que com a esposa o sexo deveria ser tradicional e comportado, tendo, porém, o homem a liberdade de ter um sexo mais colorido e criativo com mulheres especializadas no assunto, nas casas destinadas para tal, como as *juri-nu-ya*. Isso causava silenciosa frustração e contida revolta entre as mulheres – algo perfeitamente compreensível, pois anormal seria se elas fossem totalmente indiferentes a isso, a menos, é claro, que sentissem aversão pelo cônjuge.

Koichi, em determinado período de sua vida, tornou-se assíduo frequentador dessas casas. Kaná, mordida de ciúmes, tentou várias artimanhas para afastá-lo desse novo hábito, sem sucesso.

Frequentar um *juri-nu-ya* não era uma ação condenável e sim uma prerrogativa masculina, assim como fumar e beber. O grande problema é que, como todos os vícios, tudo começa com parcimônia, como uma tragadinha no cigarro, um golinho de saquê. Mas depois saem totalmente do controle. Assim, com o tempo, aconteceram períodos em que

Koichi acabava pernoitando num *juri-nu-ya* e, depois, estendia mais que uma noite, mais que duas. As rédeas já estavam fora de controle.

Kaná sabia que Koichi tinha aversão à aglomeração de convidados em sua casa, desfrutando de comilanças – trauma que trazia desde a infância, por ver seu pai pródigo com esse hábito perdulário, minando as finanças da família e sobrecarregando sua mãe de afazeres domésticos.

Aproveitando-se dessa fragilidade do marido, ela começou a convidar amigas e a oferecer jantares. Quando ele a recriminou por essas extravagâncias, ela comentou que presumia ser o dinheiro muito abundante entre eles, pois dava a ele o luxo de frequentar as casas de mulheres. Portanto, a cada vez que ele fizesse isso, no dia seguinte ela também se daria o direito de usufruir das coisas que lhe agradavam.

É claro que depois de alguns confrontos nesse nível, ele acabou por desistir de frequentar as tais casas.

Essa reação de Kaná demonstrava que suas ações diferiam daquelas das mulheres em geral que, comumente, aceitavam, sem aparente protesto, esses comportamentos masculinos. Aliás, os maridos eram chamados de senhores, recebendo tratamentos que lhes conferiam deferência, em todas as terminações das palavras. Kaná, na realidade, pôde tomar essas atitudes extremadas, porque ela e o marido moravam sozinhos, sem a cobertura dos sogros.

No dia 17 de agosto de 1937, em Kobe, véspera do embarque, Koichi e seus companheiros receberam, finalmente, os passaportes. O comandante Akasawa estava atento, com os seus 115 tripulantes, todos prontos para a grande e demorada missão de transportar os 578 esperançosos emigrantes para a extraordinária terra brasileira.

No dia seguinte, foram todos chamados a embarcar no navio Santos Maru. Alguns, um tanto circunspetos, outros, mais animados, caminharam finalmente rumo às escadas que os levariam à grande embarcação. Dentro do peito de cada um, o coração parecia ter crescido, tomando mais lugar com sua batida forte, sobrando pouco espaço para uma respiração confortável. Afinal, uma empreitada dessa envergadura, rumo ao desconhecido, talvez um passo definitivo e sem volta, abala qualquer estrutura de um mortal.

No porão do navio, que seria utilizado como silo para transporte de grãos no retorno, os beliches de ferro pintado estavam parafusados. As cadeiras e todos os móveis eram devidamente fixados no piso, para segurança dos viajantes.

As famílias, orientadas pela tripulação, iam seguindo os mapas com as distribuições de todos, em perfeita ordem.

Kaná, Uthumy e Koichi também se acomodaram como os demais. Foram seguindo as ordens de forma automática, até com certo torpor, pois depois de tantas movimentações desde a despedida de seus fami-

liares e amigos, embarques, desembarques, paragens estranhas, tudo ia sucedendo de forma contínua, sem tempo suficiente para digerir bem cada etapa.

A mente turva e o peito oprimido o deixavam mal de raciocínio. Mas, para que raciocinar com lucidez? O melhor era se deixar levar. Quando uma situação se torna absolutamente inevitável, é sábio lançar seu âmago ao infinito, para a magia do universo encaixar as pedras do jogo impalpável da vida. Nesse período de espera, que parecia de absoluta inutilidade, aqueles emigrantes procuravam descortinar suas reflexões.

Kenhithi-San, o intelectual da linhagem de Tobaru, movimentava-se com sua prole e sua feroz mulherzinha, pequena e entroncadinha, que comandava a todos com sua energia peculiar. Sua voz era um tanto aguda, por isso, era interessante que tudo corresse da forma mais rápida possível, para poupar a todos de ouvi-la por mais tempo.

Ele, ao contrário, tinha uma voz suave e falava de forma pausada, sempre agradável, uma fala muito rica de conteúdo para os que tinham ouvidos para tal. Assim que pode se desvencilhar de todos, procurou encontrar um lugarzinho no convés para poder ficar consigo mesmo. Dali, assistiu ao imenso navio deixar a baía de Kobe, com tudo em terra diminuindo de dimensão, com o passar do tempo. Logo, as paisagens que tanto apreciara tornaram-se silhuetas escuras, contrastando com as alvas nuvens do céu. Aliás, elas não estavam assim tão alvas e sim mescladas com um pouco de cinza. O interessante é que as nuvens estavam em flocos distintos e separadas umas das outras, com suas bases bem planas e soltando, para o alto, leves e transparentes plumas, cada uma delas desenhando algo inusitado. O incrível é que as bases das nuvens, bem retas, pareciam formar umas escadas ao contrário. Para subir por elas, seria preciso virá-las com a parte irregular para baixo. Via-se uma sucessão delas de forma quase ordenada, formando um espetáculo especial. Eram às centenas, naquele mar imenso. As nuvens continuavam serenas, em fila, até se encontrarem com o final do mar.

Os passageiros foram convidados para o almoço. Dirigiram-se para o grande refeitório e puderam notar que o cardápio era bom, selecionado com cuidado. As pessoas prestavam atenção ao que foi servido, movidas pela curiosidade e com a expectativa de saber como seriam as refeições, durante os próximos quase 50 dias.

Kaná, porém, estava alheia a tudo isso. Começou a sentir mais forte a melancolia que vinha espreitando sua alma tão de perto e que ela vinha afugentando, conversando com o seu *thigah* – parente consanguíneo – intelectual. Nesse dia, porém, sentiu que também isso não seria prazeroso. Pensou consigo mesma: "Outro dia não perderei a oportunidade de aprender mais com ele, mas, hoje não".

Mal pôde se alimentar. Sabia, entretanto, ser de sua responsabilidade manter o seu corpo nutrido, tanto quanto necessário.

A melancolia foi aumentando e, por mais que a procurasse decifrar com clareza, não atinava por que tão profunda angústia. Voltou com pressa aos seus aposentos e passou toda tarde aninhando a sua dor. Deitada em seu beliche, cobriu-se com o acolchoado, para poder dar vazão às suas lágrimas. Desde que partira, com exceção da hora de despedida de seus entes queridos, principalmente da sua mãe, havia resistido sem chorar. Afinal, estava empreendendo uma viagem para estar mais próxima da possibilidade de ter um filho. Esta era a sua meta inquebrantável. Sim, talvez seus ancestrais lhe estivessem abrindo um caminho para que viesse a se sentir uma mulher normal e não uma mulher menor, menos qualificada. Enterrou-se em seu mundo interior e começou a relembrar as alegrias e as dores do seu primeiro casamento.

Quando houve o *miyee* – apresentação dos jovens para um possível casamento – e as coisas chegaram a bom termo, todos parabenizavam sua família. Ela faria parte de uma família respeitada, abastada e estaria com o futuro assegurado pela tranquilidade econômica, que certamente beneficiaria as gerações vindouras. Ela também estava feliz, sobretudo porque a empatia entre ela e o futuro marido foi uma coisa espontânea e notória. É sabido que não existem dois seres humanos iguais, mas existem aqueles que se assemelham. E os dois tinham predileções iguais para muitas coisas.

Ele era terno, assim como era o pai de Kaná, teve oportunidade de estudar, possibilitado pela confortável condição econômica da família e preenchia a lacuna que ela acalentava em sua ânsia do saber.

Depois da cerimônia de casamento ela foi morar com os sogros, pois o marido era primogênito e tinha deveres especiais, conforme impunha a tradição. A mulher, quando se casava, perdia a sua identidade e passava a aprender todos os costumes da família do marido. Os hábitos anteriores deveriam ser sepultados. Em geral, as sogras, que quando jovens tinham sido oprimidas pelas suas sogras, repetiam os mesmos arquétipos de tirania, por gerações sucessivas. E assim aconteceu, também, com Kaná.

Sua sogra, mulher dinâmica e poderosa, orquestrava a família do alto do seu poder absoluto. A Kaná cabia a função, como às noras em geral, de se anular e absorver os padrões impostos pela nova e então única família.

Felizmente, a harmonia e a grande afinidade e amor existente entre o casal compensava a tirania da nova casa. Com seu marido, conseguia manter uma coisa quase inédita entre os casais: conversavam muito – o que, de certa forma, causava ciúmes na sogra. Esta, que vivia praticamente de monólogo e que também não se afinava com seu marido, não podia compreender aquele clima de cumplicidade existente entre seu filho e sua nora.

Tradicionalmente, uma nora tinha a função de subserviência à nova casa e não de ser conversadeira com o marido. Deveria cumprir todas as suas obrigações domésticas de forma absolutamente silenciosa, sem demonstrar as suas emoções, fossem elas tristes ou alegres. Mas esses padrões não se enquadravam ao temperamento extrovertido de Kaná.

Um ano se passou, mais outro, e a temperamental sogra começou a ficar cada vez mais nervosa, porque a nora não engravidava. Enquanto seu filho estava em casa, ela se mantinha discreta, mas bastava ele se afastar para ela começar e espezinhá-la, com graves questionamentos.

Pior era quando ela abordava o assunto com claro desdém. Kaná ia contornando a situação até que surgisse a gravidez, mas o tempo corria e isto não acontecia. A sua tensão nervosa e angústia também iam crescendo, mas seu marido não demonstrava preocupar-se com essa ausência de gravidez.

Entretanto, a tirania da sogra era cada vez mais crescente. Ao cabo de pouco mais de dois anos, sua vida já era absolutamente infernal, pois a sogra alegava que mulher digna de ser nomeada mulher é aquela que pode parir muitos filhos e, tratando-se de uma nora daquela família, isso era condição primordial, pois havia que se deixar descendentes homens para dar continuidade ao sobrenome e manter o sagrado oratório familiar.

A sogra começava a insuflar o sogro também, mas este tinha o temperamento afável. Claro, Kaná também se preocupava e muitíssimo, pois a sogra tinha toda a razão, em se tratando de continuidade da manutenção do oratório, pois era dever do primogênito. Seu marido, entretanto, achava que não tendo filhos esse legado poderia ser transferido para o segundo filho. Mas isso contrariava a tradição, pois havia a questão também da herança, que sempre ficava com o primeiro filho. E uma coisa não poderia se desvincular da outra.

A situação estava ficando cada vez mais insustentável e Kaná muito fragilizada. Essa fragilidade deu mais vigor à tirana matriarca e, certa vez, quando o marido e seu filho viajaram, ela teve uma oportunidade inigualável de tripudiar sobre a nora às últimas consequências.

Kaná, finalmente, sucumbiu. Sabia que sua sogra tinha razões para as preocupações quanto ao futuro da família e, aproveitando a ausência do marido e do sogro, pegou umas poucas peças de roupas e retornou para a casa de seus pais, antes que a sogra articulasse a formalização da devolução oficial, como mulher menor e incompleta.

Em sua casa foi muitíssimo bem acolhida, pois era uma casa sempre imantada pelo amor. Mas a dignidade, ela a havia perdido em migalhas espalhadas pela estrada por onde passara. A renúncia ao seu amor, o qual ela abandonara sem ao menos se despedir, era uma dor lancinante a rasgar fundo seu peito. Qual seria a reação do seu amado, ao retornar de viagem?

Era mesmo necessário, e não sem tempo, tomar uma atitude e deixar o espaço vago para que ele pudesse encontrar uma esposa que lhe desse filhos. Ela se reconheceu definitivamente incapaz de fazê-lo.

Por que seus ancestrais lhe haviam reservado tão triste destino? Não compreendia e nem sabia o que mais doía: se o fato de se afastar do homem amado, ou o fato de se sentir uma mulher mutilada. E a dor

moral, quando muito intensa, torna-se física também e ela teve que ficar acamada muitos dias, com dores em todas as suas células.

Ao retornar da viagem e constatando a retirada que sua mulher empreendeu, seu marido foi até a casa de seus sogros. Kaná se manteve recolhida e o pai dela, com toda dignidade, aconselhou o genro a trilhar um novo futuro.

Com o carinho constante dos seus pais, avós e irmãos, Kaná, pouco a pouco, foi se reerguendo e depois de outros dois anos já era quase a mesma pessoa de espírito alegre e jovial que sempre fora.

Passado mais algum tempo, os idosos da família externavam certa excitação. Estavam, na realidade, entabulando um *miyee* para Kaná, que então já havia retornado à normalidade. Foi apresentada para Koichi, que teve a generosidade de aceitá-la como futura esposa, mesmo com o risco de não ter filhos – sentindo gratidão pela sua não discriminação, aceitava-o, embora ainda não o amasse. Afinal, pensava que estava tendo sorte por ser aceita por ele, sendo uma mulher com tamanha falha.

Koichi tinha o porte delgado, nariz afilado para os padrões nipônicos, tinha o caminhar elegante, um porte que se destacava dos demais. Além disso, as referências sobre o seu caráter e espírito de luta eram as melhores.

Já ao seu primeiro marido, pensou Kaná, faltava determinação e têmpera pela batalha, pois a condição cômoda de filho de família abastada não o forjou para tal. Isso era uma coisa que ela via com certa preocupação para o futuro, pois sempre soube em sua família que muito conforto na juventude, geralmente, é base para dificuldades na velhice.

Kaná e Koichi se casaram e então ela vivenciou uma situação totalmente diferente. Não foi morar com os sogros, mas sim em terrenos anexos à Casa de Isha. Sua sogra era uma doçura de criatura, mas com a cunhada era necessário conviver com cautela.

A cunhada já tinha quatro filhos, o que a qualificava como uma parideira de boa qualidade, tendo já gerado três homens e uma mulher. Okinawa não tinha tradições de guerras, com as quais pudesse perder seus homens, mas tinha as vicissitudes da natureza e a vida fragilizada, sem recursos médicos, que ceifava vidas. Pela alta mortalidade, uma grande prole era sempre valorizada.

Com o tempo, também a cunhada de Kaná, vendo que esta não engravidava, começou a vê-la como uma mulher menor, de qualidade sucateada. Como era uma mulher de palavras desmedidas, isso levava Kaná à melancolia e seus pais começaram a ver o caso com muita preocupação e compaixão.

Sua mãe, então, certa vez lhe disse:

— Dizem que as águas do Brasil são muito boas. Quem sabe se você for para lá e tomar daquelas águas por alguns anos o seu organismo mude e você venha a ter filhos. Vocês poderiam estudar essa possibilidade, mas veja, eu não suportaria ficar longe de você por mais de dez anos. É o tempo limite que eu proponho dar para seu retorno ao seio de nossa família.

Num período em que os dias transcorriam quase todos iguais, numa vida de monotonia onde poucas mudanças ocorriam, os anos passavam lentamente e 10 anos pareceram tempo demais para Kaná. Mas isso não foi questionado.

Essa ideia foi tomando espaço em sua cabeça e, conversando com seu marido, acabaram por acatá-la. Foi uma decisão importante para Koichi, pois já havia amargado a solidão de expatriado, quando trabalhou no Japão. Além do mais, ele tinha seu próprio terreno, sua casa, tinha seu próprio negócio, fazendo transportes com carroça e cavalo, pelas sinuosas e estreitas estradas da ilha. Às vezes, partia para pesca em alto mar. É evidente que os negócios não eram promissores, mas também não era necessário muito para viver na simplicidade da época.

Kaná produzia *tofu* – queijo de soja – e tinha sua clientela fiel para toda a semana. Então, embora a ilha não oferecesse oportunidades diversas, o casal Kaná e Koichi tinha condições de sobrevivência digna, para os padrões dominantes.

Porém, venderam o que tinham, com exceção do imóvel, e fizeram frente às despesas inerentes à emigração.

Agora, no navio, Kaná já não tinha convicção do acerto da sua decisão, pois sentia muitas saudades dos seus e tinha medo de como ficaria essa falta da família, dali a algum tempo? Isso a angustiou profundamente.

Lembrou com carinho e dor dos seus três graciosos sobrinhos e a sua sobrinha Yoshiko, filhos do irmão primogênito, os quais vira nascer e acompanhara o crescimento. Viveram sob o mesmo teto e para eles Kaná havia canalizado todo seu afeto. Ah, quanta dor a daquele afastamento. Era como se retirassem o seu coração de dentro do seu peito e o cortassem ao meio. Diante de tão pungente dor, o melhor era procurar aquietar-se e deixar essa dor fluir.

E o que falar da falta que sentia do seu irmão Mathu, acima dela, o segundo filho na escala, o de olhar distante e triste? Uma tragédia de família a tornou ainda mais próxima de Mathu.

Ela estava com apenas quatro anos, quando a tragédia aconteceu. E Kaná ainda se lembrava dela como em um filme enevoado, sem clareza de detalhes, mas que estava viva dentro dela, porque foi algo que nunca se apagou da memória da família, embora não se falasse explicitamente sobre o ocorrido.

Seu pai tinha um moinho de cana de açúcar, onde produzia açúcar mascavo de excelente qualidade, tendo, por isso, colocação certa para tudo o que produzia. Certa vez, ausentou-se e seu avô, encarregado de algum processo, acabou por pedir um pequeno auxílio ao seu neto de 15 anos. Por algum descuido, a engrenagem da máquina que espremia a cana, triturou a mão de Mathu até o antebraço. O restante do episódio ela não conhecia. Se alguém deteve o cavalo que, caminhando em círculos, punha a engrenagem a funcionar, ou como seu avô percebeu o que havia acontecido, ela não sabia. O que ela se lembrava era do irmão sangrando espantosamente, familiares correndo desvairados, acudindo como podiam.

Seu avô, com as duas mãos na testa, correndo pelo quintal da família, gritava que ele havia devorado o braço do neto querido; ele havia devorado o braço do neto querido. Assumindo para si o ato de a máquina ter devorado parte do corpo que era parte de si próprio.

O desespero de todos era de uma pungência indescritível. Toda a família chorava, andava a esmo, enquanto alguém desapareceu com o seu irmão. Seu pai foi chamado às pressas e o avô, de joelhos, pedia perdão ao filho, aos gritos e em prantos, dizendo que ele havia devorado o braço do seu querido neto. Não se sabia o que era mais trágico: se aquele toco de braço sangrando ou o desespero lancinante daquele avô, fora de si.

Enquanto seu irmão estava ausente, depois de muitas lágrimas de todos, a família entrou em silêncio sinistro. Só seu avô continuava andando a esmo, voltando os olhos para o alto, batendo no peito e proclamando a sua culpa repetidamente, sem cessar. As pessoas procuravam, em vão, consolá-lo. Esse era o destino traçado, dizia alguém, mas nada deste ou de qualquer outro mundo tinha poder para consolar aquele avô, tão amoroso e absolutamente desvairado.

Depois de um tempo quase eterno, seu irmão retornou para casa, amparado por seu pai, parentes e amigos, com o braço mais curto. Estava acima do cotovelo.

Todo o ambiente familiar havia se transformado e ainda que tudo parecesse voltar à normalidade depois de algum tempo, muita coisa havia mudado entre todos. Ninguém sai imune, quando uma tragédia desse nível ocorre no seio da sua família.

Seu avô passou a ser um homem triste e sempre puxava o neto para junto de seu peito e ficava silencioso. O seu irmão também passou a ficar com o olhar distante e mais quieto. Era a exteriorização da silenciosa dor moral, a consciência da pequenez humana, tão vulnerável e tão impotente, diante de uma pequena máquina, feita, afinal, pelo próprio homem, para o bem comum.

A situação ficava ainda pior, quando Mathu chegava para a mãe e dizia:

— Mãe, a mão está coçando, ou o cotovelo doendo. E a mãe não tinha como coçar aquela mão, ou afagar o cotovelo perdido. Era uma situação realmente desconcertante.

Às vezes, alguma criança desavisada comentava:

— Como dói, ou coça, se você não os tem? Não podiam compreender e nem os adultos conseguiam explicar que o braço visível tinha ido embora, mas que, no campo energético, o mesmo permaneceria por longo tempo.

Difícil também era reaprender a lidar com o novo corpo, adaptar-se a essa limitação, procurar desenvolver a autossuficiência. O menino foi se adequando, mas se transformara num rapaz tristonho. Para os pais e

avós, era momento de júbilo, ainda que não externado perto dele, quando Mathu entrava num clima alegre, por pouco que fosse.

Os olhos amorosos da família estavam sempre acompanhando, com discrição, o desenrolar da vida do jovem.

Ficou muito claro, nessa circunstância, que o amor gerado e alimentado numa família tece uma malha bem tramada de energia, solidariedade e carinho que é capaz de criar uma sustentação de extrema importância, durante a travessia e sedimentação de uma superlativa dor moral. Todos acariciavam também o avô, e, mesmo sem palavras, eram gestos que o isentavam de culpa.

Kaná sentia que estar longe de todos era uma dor indecifrável, uma intensa provação para a alma. Ela já havia experimentado a saudade, quando esteve casada pela primeira vez, quando tinha que apagar da sua vida os hábitos de sua casa, conforme exigia a sua sogra, sem sequer visitar sua família ou receber visitas. Mas era diferente, pois sabia que em casos extremamente urgentes ou importantes, estariam acessíveis. O que não era mais o caso naquele momento, pois não podia fazer o navio parar sua jornada e retornar, para que ela pudesse rever seus entes queridos.

Casada com Koichi, mesmo morando um pouco distante da família, tinha o poder de ir e vir, mais de uma vez por semana. Tinha toda a liberdade, além de não ter que se anular como ser humano. Também, com frequência, Koichi visitava o sogro e levava como presente uma caixa de madeira decorada, com cigarros. Era sempre um delicado presente. Era um convívio feliz e harmonioso.

Na verdade, na casa de seus atuais sogros, Kaná entendeu que, nas famílias mais simples, o nível de aceitação e respeito pelo outro era mais intenso e espontâneo, enquanto que as famílias mais abastadas e tradicionais se atinham a muitos pequenos detalhes desnecessários, fatores complicadores que não colaboravam para uma vida mais suave e fácil, ligando-se às intransigências impostas pelas convenções da sociedade.

Seus pensamentos já iam longe, quando vieram chamá-la para o jantar. Renunciou à comida, dizendo que lhe bastaria um chá ou uma terrina de *misso-shiro* – caldo da massa de soja fermentado.

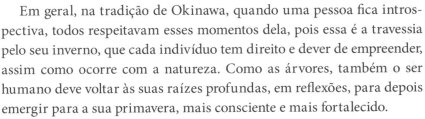

Em geral, na tradição de Okinawa, quando uma pessoa fica introspectiva, todos respeitavam esses momentos dela, pois essa é a travessia pelo seu inverno, que cada indivíduo tem direito e dever de empreender, assim como ocorre com a natureza. Como as árvores, também o ser humano deve voltar às suas raízes profundas, em reflexões, para depois emergir para a sua primavera, mais consciente e mais fortalecido.

Porém, como no navio havia que se estar mais atento, pois poderia haver doenças de bordo, todos os que a cercavam dispensavam-lhe especial atenção.

No dia seguinte, após ter conversado longamente consigo mesma, Kaná decidiu que lutaria contra tudo para sobreviver e chegar inteira ao país das possibilidades, onde ela tomaria muito de suas águas, com os olhos voltados para seus ancestrais e, com certeza, teria um filho, para resgatar a sua dignidade tão dilacerada.

Após o jantar, Kenhithi-San passeava pelo convés do navio, onde conheceu um senhor simpático, vindo de Fukushima-Ken. – Ken significa, neste caso, Província, ou seja, Província de Fukushima –, cujo sobrenome era Sato.

Após as apresentações, Kenhithi-San comentou que Okinawa teve um soberano com o sobrenome Sato. A isso seu novo companheiro de conversas respondeu que toda sua linhagem familiar, pelo que ele sabia, era da província de Fukushima. Portanto, não acreditava que o soberano de Okinawa tivesse alguma ligação com sua família.

— Com que ideograma se escreve o seu sobrenome? – perguntou o intelectual; – ideograma é o caractere da escrita japonesa chamado também de *kanji*. Cada ideograma tem um significado bem específico. Portanto, o ideograma com que se escreve um sobrenome pode apontar a linhagem da família.

Ao compararem os ideogramas, concluíram que, realmente, se tratavam de linhagens diferentes.

Mesmo assim, o alegre homem of Fukushima ficou interessado em saber da vida do soberano Satto – com dois t, para evidenciar a diferença dos ideogramas – e, com satisfação, Kenhithi-San começou a discorrer sobre a história de sua terra.

Narrou que tiveram um soberano sensível ao povo, que conseguiu resolver muitas dificuldades do país, construiu o castelo de Urasoe e iniciou a dinastia Eiso, que durou 89 anos – 1260-1349.

Relatou, também, que o mesmo dinamizou o centro da cultura e do poder político e construiu o primeiro templo budista. Estimulou muito o intercâmbio com a China, enviando dezenas de bolsistas que lá permaneciam por 10 anos, estudando intensamente. Anexou aos seus domínios, em dois anos, a partir de 1264, as ilhas Iheya, Kerama, Kume e Anami-Oshima.

Porém, o quarto monarca dessa dinastia se entregou à bebida, não correspondendo à expectativa do seu povo. Os Adis agregados em seu território começaram a debandar e, como podiam desfrutar de certa mobilidade e poder político, acabaram, por fim, depondo o monarca.

— Akamine-San, eu não podia imaginar que a província Okinawa tivesse uma história assim – era correto e ético referir-se às pessoas pelo sobrenome, acrescido da palavra San, em sinal de respeito. Kenhithi-San tinha também Akamine por sobrenome. Logo, era chamado formalmente de Akamine-San.

— Compreendo, Sato-San, pois não se fala sobre a história de Okinawa nem mesmo entre nós.

— Por que isso, Akamine-San?

— Porque não convém, politicamente falando, desde que Okinawa perdeu a soberania. Como o senhor deve saber, Okinawa foi a última província acrescida ao Japão.

— Sim. Disso eu tenho conhecimento – confirmou Sato-San. E completou: – Akamine-San, o senhor é professor de história, suponho.

— Não, não! Não tenho envergadura para ser um mestre. Fui apenas um bibliotecário da escola da capital, Naha.

— Mas, como o senhor fixou tantos conhecimentos em sua memória?

— Eu tenho muito prazer em ler e, sempre que posso, fico recapitulando as coisas que apreciei nos livros, sobretudo o que se relaciona à história. Também, tenho o hábito de transcrever as informações mais importantes.

— Que prodigiosa e invejável memória – disse Sato-San, meneando a cabeça, ligeiramente inclinada para a direita, demonstrando sua perplexa admiração.

Kenhithi-San sorriu, deixando entrever uma grande satisfação por estar diante de alguém que reconhecia o valor de seus conhecimentos. E continuou a narrar:

— Deposto o soberano, a sucessão pertencia a um garoto de 10 anos e, substituído pela mãe, essa demonstrou incompetência e arbitrariedade ao governar. Mas o jovem sucessor faleceu prematuramente, aos 22 anos. E, com a morte do soberano, os Adi pertencentes a esse território se mobilizaram para escolher, dentre eles, um elemento que fosse digno de ser elevado à posição de Ossama – o rei.

— Akamine-San, o senhor se referiu várias vezes aos Adi. Mas quem eram os Adi?

— Adi eram os líderes locais que assessoravam o Ossama na organização do reino, na manutenção da ordem e na assistência à comunidade. Okinawa, enquanto país independente, tinha uma organização político-social muito diferente da do Japão.

— Não me diga, Akamine-San – comentou Sato-San, realmente curioso; – nunca pensei fosse possível ouvir histórias como essas sobre Okinawa.

Akamine estava sabendo a que aludia o seu interlocutor. Ele, naturalmente, sempre ouvira dizer que Okinawa e *okinawanos* eram subdesenvolvidos e insignificantes. Provavelmente nunca lhe fora dito que tinham sido absolutamente espoliados pelo seu país. Retomou a narrativa:

— Pois assim foi: rompendo as normas da sucessão natural, escolheram um Adi próspero e bem-conceituado. Seu domínio era na região portuária de Mattiminato, em Urasoe, sede do reino Chuzan. O local era privilegiado, de planície fértil, com topografia que permitia ter pontos de excelente vigilância aos movimentos da costa marítima. Satto era o seu nome. Enquanto Adi, Satto, por estar numa região costeira, tinha facilidade para comprar ferros dos barcos que atracavam no porto e construía implementos agrícolas, para melhor a produtividade nos seus domínios. Era muito generoso com seus aldeões e zelava na distribuição de roupas e alimentos. Ele fundou, então, a dinastia Satto, em 1350, que durou 56 anos. Transferiu a capital Urasoe para Shuri, construindo um belo palácio. Na sua gestão, dinamizou ainda mais o intercâmbio intelectual e comercial com a China, enviando seu irmão em missão diplomática e comercial ao Grande Império. Transcorria o ano de 1372 e a grande China estava há apenas quatro anos sob a tutela da poderosa dinastia Ming, que foi a verdadeira mentora do progresso naval e intelectual de Okinawa. Com o envio da missão diplomática, inaugurou-se uma era que durou 500 anos de intercâmbio entre as duas nações.

— Akamine-San, o senhor está me dizendo coisas realmente inusitadas. Desculpe se lhe pareço desrespeitoso, mas o senhor fez alusão a progresso naval, em Okinawa?

— Sim, Sato-San. Okinawa, enquanto país independente, exportava sua produção naval, sendo reconhecida como uma das melhores. Recebeu, inclusive, muitas encomendas da Coreia. Dentre as encomendas, houve um pedido de navios de guerra. Constataram que eram superiores aos que já possuíam e encomendaram outros ainda, para combater os Wako, os piratas da região, e para proteger as populações litorâneas dos saques de que eram vítimas, com frequência. Em 1433, técnicos da arte naval *okinawana* repassaram para técnicos coreanos essa importante arte. Tudo dinamizou com a simpatia que a dinastia Ming sentiu pelos navegantes *okinawanos*. Eles doaram para Uthina várias naus, a fim de alavancar a navegação, além de enviar seus comandantes para viajar com os homens da ilha, repassando-lhes todo conhecimento que detinham, no período. Entusiasmado por todo esse contexto, o imperador Ming criou e definiu os ideogramas com os quais se escreve a palavra Okinawa, representado como O Grande Pesqueiro. Essa forma de se escrever Okinawa foi tão bem aceita e assimilada por todos que acabou se perpetuando. Hoje, porém, interpretam-no como um grande nó em alto mar. O *ossama* Satto demonstrou ser grande estrategista na condução do seu governo. Percebeu logo ser estratégico investir na arte naval em seu país, pela escassez de terras agricultáveis. Potencializou a vocação do seu povo no comércio internacional, valendo-se do temperamento alegre, afável, cortês e operoso que lhe era inato. A dinastia Ming deu início, então, a uma nova sistematização no comércio da China, extinguindo o comércio privado. Determinou que o comércio com o exterior deveria ser atributo exclusivo de governo para governo. A nova modalidade de comércio foi bem apresentada pelo governo de Ming ao irmão de Satto, e este retornou com a proposta para sua terra. Satto, prontamente, aceitou a ideia e sabiamente promoveu a funcionários públicos todos os navegadores e comerciantes do seu pequeno reino. Valendo-se da experiência desses homens do comércio e do mar, estimulou e dinamizou cada vez mais o intercâmbio internacional. Como resultado, ambos os países tiveram grande prosperidade. Porém, como a China não promoveu a funcionários públicos os seus navegadores e comerciantes, estes ficaram à margem do processo e acabaram se tornando os terrores dos mares, os então conhecidos piratas *wako*.

— Não me diga, Akamine-San. Então os *wako* surgiram, em decorrência dessas medidas da dinastia Ming?

— Foi sim, Sato-San. Veja quantas consequências podem ser desencadeadas por uma só decisão de um governante.

— Akamine-San, está se vislumbrando um mundo novo para mim. Tudo isso que o senhor está relatando me é absolutamente fantástico. Nunca ouvi ou li qualquer coisa que fizesse referência a coisas sequer parecidas com essas, sobre Okinawa.

— É, realmente nada disso está disponível ao público. Eu tive acesso por ser bibliotecário e ser fanático, como diz a minha mulher, por pesquisa.

— Como o senhor pretende se adaptar à agricultura no Brasil, tendo, até hoje, lidado apenas com os livros? Será uma mudança muito radical, não é mesmo?

— Sinceramente, não sei como, mas terei que me adaptar. Estamos indo para o Brasil, seduzidos pelo convite do meu cunhado, irmão de minha esposa. Com essa prolongada recessão, não vemos futuro, em nosso país, para os nossos filhos. Daí a razão por que estamos indo.

— Ah, só o futuro dos filhos pode justificar essa sua decisão. Meu pai era carpinteiro e meu irmão mais velho e eu aprendemos com ele a profissão; também a recessão me impele a buscar essas novas oportunidades. Não tendo, porém, tradição na agricultura, não sonho com facilidades para mim. Mas não poderia mais protelar, porque já não tínhamos condições de sobrevivência, com as dificuldades que vêm se arrastando, há tantas décadas.

— Realmente, Sato-San, foram acúmulos de sucessivos infortúnios. Os exagerados gastos com as tantas guerras, ambicionando a expansão territorial, a derrocada nas safras de arroz, o grande terremoto de

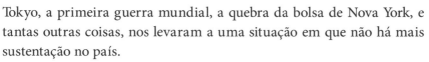

Tokyo, a primeira guerra mundial, a quebra da bolsa de Nova York, e tantas outras coisas, nos levaram a uma situação em que não há mais sustentação no país.

Kenhithi-San foi diminuindo a ênfase da fala, ao perceber que Sato-San não estava muito bem informado sobre as raízes das dificuldades da nação. Ele esquecera que nem todos tinham acesso aos jornais e outras fontes de informações, como ele tinha.

— Mas o senhor tinha o seu ordenado como certo, não é mesmo? – observou Sato.

— Sim, é verdade. Tinha, sim, essa garantia. Porém, meus filhos precisam vislumbrar um futuro, precisam poder sonhar.

Sato assentiu com a cabeça, com um ar de compreensão e gravidade, concordando com o companheiro de viagem. Convidou:

— Vamos tomar um chá, Akamine-San?

Vagarosamente, caminharam e se juntaram a outros passageiros, onde sempre se podia ouvir algo inusitado, pois era um grupo muito heterogêneo.

A desvantagem é que nunca era possível entabular uma conversa por longo tempo, sem a ingerência de outros companheiros de viagem. Algo muito compreensível, pois o espaço se tornava exíguo, com 578 pessoas a bordo, mais a tripulação.

Havia pessoas de todos os rincões do Japão, mesclando os sotaques e os maneirismos. Havia pessoas de tez bem clara, muitas pessoas constritas, formatadas pelos rígidos preceitos da boa conduta nipônica.

Os *okinawanos* eram mais amorenados, de movimentos mais espontâneos na expressão corporal ou na entonação da voz. Inconscientemente, todos estavam introjetando novos conceitos, ao observar os vários matizes de seres humanos.

Inicialmente, era a discreta observação. Depois, a aproximação e a troca de informações. Apenas as mulheres, mais habituadas ao cerceamento dos seus movimentos, na maioria do tempo, se mantinham refratárias aos novos conhecimentos e mais contidas quanto aos novos relacionamentos.

As refeições no navio eram sempre bem cuidadas, dentro de um cardápio modesto, e as atividades diversas também eram tratadas com cuidado, para distrair os passageiros. As gincanas eram sempre bem aceitas, em todas as faixas etárias, pois era uma tradição no país, em todas as províncias.

O navio Santos Maru era mais estável que o Naha Maru, mas continuava oscilando em demasia, para desespero de muitos.

Kaná ainda se sentia fora de prumo, mareada, mas se esforçava para não sucumbir. Seu apetite foi-se reduzindo e seu corpo, de compleição delicada, foi-se tornando mais franzino. Mas todos eram unânimes em alertá-la sobre a necessidade zelar pelo corpo, abastecendo-o com o indispensável combustível que é o alimento, na dose adequada.

Ela não se esquecia, jamais, dessa sua responsabilidade pessoal. Mas quantas vezes seu estômago revolto parecia conspirar contra ela. Sua luta interior passou a ser titânica. Não se deprimir, não enfraquecer, não chorar, não desanimar, não cultivar o desencanto, não abrigar o medo. Não, não, não. Ela precisava ser mais forte do que tudo aquilo.

Não tinha condições de participar das gincanas, não tinha disposição de conversar com seu *thigah* tanto quanto desejava, para sorver dos seus conhecimentos.

Utumi continuava com as adolescentes, certas vezes, bem animada, outras, como se estivesse deslocada e, assim, iam vencendo os primeiros dias de viagem.

19

Desciam para o sul do Pacífico, para atingir o Mar Índico. O navio singrava por águas navegadas pelos antigos homens de Okinawa, no seu grande comércio marítimo.

Toda noite, os *okinawanos* tinham o hábito de contemplar as constelações e relembravam de muitas canções tradicionais que falavam dos astros do céu. Reverenciavam as constelações que guiavam os seus ancestrais navegantes. Eles abraçavam e tocavam o *sanshin* e relembravam, por meio dos sons que emanavam de suas três cordas, as antigas canções. A música e o canto faziam parte do cotidiano e, portanto, essas reuniões musicais eram uma constante.

Sato-San, mais espontâneo que o comum dos japoneses, procurava amiúde estar com o grupo *okinawano*, para apreender mais dos costumes e enfoques de sua vida.

Certa vez, Sato-San, entusiasmado com os conhecimentos de Akamine-San, apresentou a ele outros conterrâneos seus, com o intuito de fazê-los ouvir seus preciosos relatos. Mas, quando havia mais pessoas, o erudito se voltava para a sua timidez e as tentativas de fazê-lo exteriorizar seu brilho intelectual acabavam sempre em modestas esquivas.

Tendo percebido isso, Sato-San tornou-se mais cauteloso e articulou outra forma de ter acesso aos conhecimentos do precioso viajante. Dias depois, após algumas conversas ao léu, ele voltou a perguntar mais coisas da história antiga de Okinawa, dos piratas *wako* e pediu, também, que lhe falasse mais sobre a China, da qual tão pouco sabia.

Akamine-San sempre manteve renhida luta contra a acomodação da mente e, por essa razão, estava sempre remexendo em seus arquivos mentais. Com um bom ouvinte ao seu lado, isso ficava ainda mais prazeroso. Então, recomeçou sua narrativa, animado:

— Falando da antiga Okinawa, lembramos muito dos feitos de Satto, que sempre soube aproveitar muito bem cada situação que se apresentava. Como em uma ocasião, durante uma ocorrência criada por um *wako* chinês, em 1380. Alguns navegantes coreanos haviam sido espoliados por esses piratas e abandonados em Okinawa. O *ossama* – rei elevado ao suoperlativo – Satto, então, enviou seus emissários acompanhando os coreanos até seu país, chamado na época de Korai, juntamente com uma importante delegação, para oficializar o comércio formal entre os dois países. Deu-se mais um grande passo para o fortalecimento do comércio ultramar. Satto sempre foi extremoso no intercâmbio com a China e destinou, à vinda dos chineses para o país, o bairro Kume-Mura, um local privilegiado na cidade portuária de Naha, o mais importante e próspero porto do país. Os chineses se instalaram próximos ao ancoradouro, com isenção de impostos e regalias, no castelo de Shuri. Esse grupo ficou conhecido na história como "Os Cem Nomes da China".

À memória continuava viva:

— O povo os recebeu com gratidão e toda cortesia, pois era entendimento geral que a vinda desses chineses representava a expressão de generosidade do grande soberano Ming. O bairro sempre gozou de grande prestígio. Em reconhecimento e retribuição, no ano seguinte, Satto enviou um grande carregamento, para Ming. Entre outras coisas, destacavam-se quarenta cavalos originários da ilha de Ishima. Eram cavalos de pequeno porte, muito apreciados na China, e eram levados já adestrados para montaria, carga e outras funções. Nesse mesmo carregamento, foram três toneladas de enxofre, muito valorizado pelos chineses, com o qual construíam fogos de artifícios de extraordinários efeitos. O enxofre era extraído da pequena ilha de Iwotorishima e era também utilizado na preparação de alguns medicamentos. A dinastia Ming, em consideração, mandou muitas sedas, finas porcelanas, panelas de ferro e outras delicadezas.

Os chineses de Kume-Mura – Kuminda, no dialeto *okinawano* – sempre mantiveram os hábitos e os costumes da época da dinastia Ming, vindo a adotar o estilo de vida dos *okinawanos* somente após a tomada do poder, na China, pela dinastia Ching, com a qual discordavam das novas normas e etiquetas impostas.

Enquanto Kenhithi-San e Sato-San conversavam, o navio avançava. Passariam, em breve, pelo sul da China. E em cada região dos oceanos, o nosso intelectual alçava voos ao passado.

Não faltaram oportunidades para outras longas conversas com Sato-San, e Kenhithi-San teve também a chance de dissertar mais sobre a antiga China, sobre a qual o companheiro de Fukushima-Ken havia externado interesse.

Em uma dessas oportunidades, Kenhithi-San iniciou, discorrendo que a China trazia uma civilização de cerca de cinco mil anos, com muitas dinastias lendárias. O povoamento começou de leste para o oeste e de norte para o sul. No leste, na planície do Rio Amarelo, o povo era sedentário e no oeste, nas montanhas, o povo era nômade.

Relembrou alguns fragmentos da história, comentando que a dinastia Sui foi a que unificou a China, antes dividida em três reinos. Essa dinastia durou de 598 a 618.

No campo místico, respeitavam o Augusto Céu, criado por uma espécie de Rei Celestial. Na terra, o imperador e, em certas ocasiões, o mandarim, envergava o mandato divino, com outorga do título Filho do Céu.

O culto aos ancestrais era privilégio único da nobreza, pois acreditavam que somente os nobres tinham a alma imortal. Entendiam que os nobres tinham duas almas: uma que ascendia aos céus e outra que permanecia ao lado do cadáver. Acreditavam que a segunda alma não poderia sobreviver sem as oferendas vindas dos seus descendentes.

No campo da filosofia, alguns pensadores salientavam que a bondade, base inerente ao ser humano, deveria ser orientada e aperfeiçoada pela educação.

Acreditavam na força cósmica, ou força vital, com a qual se identificam e alternam forças contrárias e que A Divindade Soberana, em seu curso, move e conduz os homens e o universo.

Desenvolveu-se na China uma escrita completamente diferente e tinham um dicionário com cinquenta mil ideogramas. A China se tornou o centro do saber e, consequentemente, o centro do poder de todo oriente.

A universidade da corte chinesa recebia os filhos de aristocratas e nobres, como bolsistas, que lá permaneciam estudando os clássicos como Confúcio, religião, arte de governar, administração pública, história, filosofia, literatura clássica, poesia e outras matérias.

Da pequena Uthina – Okinawa –, estiveram lá mais de cem bolsistas, estudando de oito a dez anos cada um, subsidiados pelos dois governos, durante o período de 1392 a 1868. Eles retornavam como formadores de opiniões, resultado de muito estudo e de um relacionamento internacional.

Foram muitos os feitos e descobertas dos chineses. Foram eles que estabeleceram que cada ano tinha a duração de 365 dias e um quarto. Utilizavam o calendário lunar e, baseado nele, desenvolveram o horóscopo chinês, dois mil anos antes da nossa era. Essa antiga astrologia mantém-se intacta até os dias atuais, sempre despertando fascínio.

Na astronomia, identificaram 1.500 estrelas, com processos científicos, e computaram os movimentos dos corpos celestes.

Dominaram conhecimentos em vários setores, como ciência, arte, arte naval e navegação, matemática, astronomia, o papel; construíram o primeiro relógio astronômico, desenvolveram a agricultura.

Desde 1122 anos antes de Cristo, utilizavam arados, enxadas, foices, serras, facas, puas, formões e agulhas. Com o papel, descobriram a impressão e criaram o papel moeda. No campo da medicina, já tinham publicações com tratados científicos.

A arquitetura e as artes em geral, a inscultura e a literatura, foram extraordinariamente desenvolvidas. Dominavam teorema geométrico, conheciam frações, suas divisões e multiplicações, fórmula de encontrar o denominador comum etc.

Desenvolveram o cultivo do bicho-da-seda e a produção do tecido, mantendo o segredo por três mil anos. Cultivaram o algodão, o arroz e desenvolveram uma variedade resistente à seca.

Tinham um bom meio de comunicação por todo o país, com mais de 300 mil cavalos à disposição do correio.

Sendo a China alvo sempre muito desejado pelas tribos nômades e bárbaras das estepes, a Casa dos Han iniciou, em 250 antes da era cristã, a construção da Grande Muralha, para se proteger dos ousados e destemidos invasores. Várias dinastias se empenharam em construir, com pedra e barro, 3.000 km de fantástica muralha.

Sato-San, extasiado, ouvia e queria ouvir mais e mais. Sentia-se humilde, diante de um homem com tal cabedal de conhecimentos. Mas, era chegada a hora de uma pausa, de um descanso. Isso não era problema, porque tempo não faltaria para ambos se deliciarem com as antigas histórias, durante a longa viagem ao Brasil.

20

Kaná já não suportava mais o enjoo e a trepidação das máquinas do navio parecia estar dentro dela. Koichi já demonstrava ares de grande preocupação, pois sua mulher não conseguia mais reter o pouco alimento que ingeria. O médico de bordo atendia aos passageiros com desvelo e a estimulava, dizendo que logo melhoraria. Com a medicação, ela conseguiu sair da fase aguda, mas certo torpor e a sensação nauseante perseguiam-na, sem tréguas. Suas olheiras não desapareciam, deixando muito evidente uma saúde não equilibrada.

Muitas companheiras de viagem se achegavam ao seu leito, em solidariedade, e entabulavam conversas amenas, para distraí-la. Fumy[10] se apresentou e veio tentar animá-la, dizendo que também estivera muito mal nos primeiros dias de viagem, mas que gradativamente estava se adaptando aos balanços do navio.

— Fumy, e este cheiro do navio. Você consegue suportar?

— O cheiro não me incomoda tanto, mas se nós pudéssemos tomar sumo de *rutibá* – Artemísia-losna –, talvez nos sentíssemos melhor.

— É verdade. Mas, em alto mar, como contar com esses recursos? Tenho pensado no meu pai, que sempre atendeu a todos quantos o procuravam para a medicina caseira. E agora, que eu tanto necessito dele, estou aqui desamparada.

---

10 Pronuncia-se Fumí

— Seu pai é um *tyibu*? – *tyibu* eram homens que tinham algum conhecimento do corpo humano e atendiam, como voluntários, ligeiros mal-estares, conforme antigos preceitos chineses. Em local de poucos recursos médicos, eles eram grandes alentos.

— Sim, meu pai é *tyibu*. Tenho pensado que se ele estivesse aqui, ao menos minoraria a minha aflição, com os recursos do moxabustão. Ele sabia a época adequada para colher a artemísia rasteira, deixava secar ao sol, depois socava bem num pilão e as folhas assim processadas tornavam-se lanugens, que ele acondicionava numa caixinha de madeira.

— Não sabia que era assim que se fazia o *ruthi* – moxabustão.

— Pois é: é assim que se faz. E conhecendo os meridianos do corpo humano, meu pai fazia uma pressão no local adequado, de acordo com os sintomas de cada um. Com o polegar direito detectava o meridiano, mantinha-o pressionado com o esquerdo. Depois fazia uma pequena bolinha de *ruthi*, assentava no local e encostava nele um incenso aceso. A lanugem ia queimando, lentamente, emitindo um calorzinho. Quando a pequenina bolinha em combustão chegava próxima à pele e o calor aumentava, ele levava o polegar direito ou o anelar sobre a bolinha e pressionava-a, privando-a do oxigênio, para apagá-la.

Depois de uma pausa, acrescentou:

— Em cada ponto, ele repetia o processo três vezes, fazendo dinamizar, de forma adequada, a energia vital da pessoa adoentada. Gostava de apreciar o trabalho dele, pois sua concentração era tal que me fascinava. Parecia até que ele alterava um pouco o seu jeito de ser. Por vezes, usava também a técnica da ventosa. Quando havia um edema e outras coisas que, na verdade, não me lembro bem, ele limpava a área com saquê, fazia pequenas ranhuras com a ponta da navalha, colocava outra parte do saquê no fundo de um copo, ateava fogo, e emborcava sobre os pequenos cortes. Formava um vácuo no copo e este sugava uma porção de sangue, que coagulava imediatamente.

— Ah, é isso que deixa uma roda avermelhada na pele, não é? Já vi isso algumas vezes nos meus avós, mas não fazia ideia de como era feito. Sei que levava uns dias para desaparecer.

— Sim; meu pai me explicou que certa camada da pele é muito forte e a inflamação é expurgada mais rapidamente desta forma.

— Minha mãe, continuou Kaná, descendia de família mais abastada e mais preocupada com as coisas práticas da vida, mas meu pai era descendente de uma família mais humilde e afeita a essas coisas. Sentia verdadeiro prazer em se ocupar com assuntos relativos à comunidade. Tinha sempre uma palavra amena, um gesto doce e, quando oportuno, transmitia os *incashi kutubáh* – antigos preceitos de sabedoria – herdados dos ancestrais. Aliás, os preceitos de honradez e nobreza, meu pai os repetia incansavelmente.

— Como o seu pai aprendeu as coisas de um *tyibu*?

— Isso é herança e tradição de família. Em todas as gerações sempre houve um membro dotado com essa aptidão. Isso deve vir desde a época do Kuminda – 1393 –, com o aporte da colônia chinesa que se instalou no bairro próximo ao castelo de Shuri. Eles trouxeram muitos conhecimentos. Deve ser daí, pois não houve navegadores na família de meu pai. Nos ascendentes da minha mãe sim, tanto que no seio da família ainda existem algumas porcelanas azuis, chinesas, da época em que um de nossos ancestrais fazia parte dos navegadores do comércio ultramarino. Diziam que as porcelanas azuis foram desenvolvidas na época da dinastia Ming, mas não sei muito bem.

Fumy percebeu que algumas coisas que a nova amiga falava ela desconhecia por completo, como Kuminda, Ming e outras. Mas atribuiu a desinformação à distância do seu município em relação à capital de onde vinha Kaná.

O olhar de Kaná ficou mais distante. Com os olhos marejados de lágrimas e, ainda com o olhar preso no nada, balbuciou:

— Como será que vou suportar por tanto tempo, numa distância que não consigo sequer compreender, sem poder ouvir as vozes dos meus familiares?

Kaná, ao balbuciar, percebeu duramente que era necessário renunciar aos seus desejos mais profundos, pegar seus sentimentos, comprimi-los até ficarem esmagados como uma folha de papel e sufocá-los com toda a força da alma, no compartimento mais obscuro do coração, para que eles não viessem à tona. Reprimi-los implacavelmente dentro do peito, não deixar que chegassem até a garganta, região tão vulnerável, nesses momentos.

A nova companheira de viagem percebeu que pensamentos profundamente melancólicos estavam circulando na cabeça de Kaná e fez questão de trazê-la para as amenidades, perguntando:

— De que região e de que família você descende, mesmo? Na rapidez da nossa apresentação, acabei por não memorizar.

— Sou de Uruku Oroku-Son – nome do distrito –, Shimaghiri-Gum – comarca hoje conhecida como Naha –, e descendemos da casa de Tobaru[11], sendo a nossa ramificação a Me-no-Retobu. O meu marido é *Urukunthu* – denominação dada aos nascidos em *Uruku*, no dialeto *okinawano*.

— Percebo que você vem de uma família que desfrutava certas facilidades, disse Fumy.

— Não é bem assim – explicou Kaná. Meus ascendentes maternos vieram alicerçados em base econômica mais consolidada e convivi muito com os meus avós, que sempre me encheram de carinhos e mimos. Mas a família de meu pai vem de ancestrais com mais dificuldades financeiras. Numa ilha, em época onde quase nada de novo acontecia, as oportunidades de novas conquistas e ascensões econômicas não existiam. Os dias e os anos transcorriam sob absoluta estagnação.

— Mas, percebo que você se destaca do comum das mulheres. Sinto que você tem algo, talvez uma alegria de viver a mais.

— Não sei. Talvez tenha uma curiosidade a mais pelas coisas da vida. Talvez isso me desperte mais. Também tivemos tragédias em nossa família, incluindo nossa casa incendiada por duas vezes. Acho que os marcos tristes de nossa vida nos deixam traumas, mas também nos ensinam a valorizar, e muito, as pequenas coisas boas que nos ocorrem depois. Minha família materna vive em *cara-ya* – casas com coberturas de telhado de barro –, mas nós, não. – completou Kaná.

Naquela época, era muito comum as casas terem paredes de bambus tramados em parede dupla. Eram bambus especiais, lisinhos e sem galhadas, flexíveis para a boa trama. Eram trançados com tal técnica que ficavam quase impermeáveis, até mesmo ao vento. Isso era um requisito importante, pois a ilha estava sempre sujeita a tufões que varriam tudo e

---

11 Pronuncia-se Tôbaru

podiam durar por dias. As coberturas das casas eram de sapê, engenhosamente amarrado e espesso, proporcionando admirável resistência, a ponto de durarem muitas décadas. Essa era uma arte comum, em toda a Polinésia.

Essas casas não dispunham de janelas e seus soalhos eram de tábuas corridas. Sobre as tábuas, nas casas mais abastadas, havia um *tatami* – uma forração rígida, com espessura de uns cinco centímetros, trançada de uma vegetação chamada *wi*, semelhante à taboa. Feito esteiras, elas recebiam recheio de palhas de arroz, num trabalho absolutamente artesanal.

As moradias mais simples tinham apenas *mussuru*, uma esteira não muito espessa. Havia sempre uma de reserva, enrolada e encostada na parede, para um eventual hóspede.

Para adentrar uma residência, todos tiravam os sapatos.

Num canto da cozinha era montado o fogão, um retângulo de pedras cimentadas e, antes de virem as panelas de ferro de To – China –, eram usadas panelas de barro.

Na hora das refeições, os alimentos eram colocados em pequenas terrinas e servidos sobre uma espécie de bandeja com pequenos pés, que, no início, eram de madeira lixada e, posteriormente, passaram a ser envernizadas com charão, em vermelho ou preto. Essas bandejas eram colocadas, uma a uma, diante de cada comensal.

Armazenavam água para uso doméstico em grandes potes de barro, ao lado do fogão. Também num ponto próximo ao fogão, na parede, havia frequentemente um ofertório, numa cantoneira ou numa pequenina prateleira, para o deus do fogo. A ele se oferecia um cálice de água e um incenso, elaborado com resinas aromáticas de algumas árvores. Os incensos de Okinawa eram bem fininhos, com quinze centímetros de comprimento e com tonalidade verde profundo.

A oferenda deveria ser a primeira coisa que uma dona de casa zelosa deveria fazer, em todas as manhãs em que fosse lua nova ou cheia.

O deus do fogo era venerado por fornecer o elemento primordial para a cocção dos alimentos e também deveria ser muito respeitado, pois, sendo as construções em sapê, bambu e madeira, todos eram muito dependentes de suas benesses.

As casas de madeira recebiam coberturas de telhado de barro, que tinham que ser muito bem cimentadas, para resistir aos constantes tufões que assolavam a região. As de sapê, por terem certa permeabilidade, não ofereciam o risco de sair carregadas pelo vendaval.

Os que tinham telhado de barro gostavam de adorná-lo com um casal de *shiishi*, leões em cerâmica, fixados um em cada lado, no alto do telhado. O leão, com a boca escancarada para afugentar os males e a leoa, com a sua boca fechada – brincavam alguns machistas, dizendo que o leão com seu urro afugentava os maus espíritos e a fêmea os engolia.

As casas eram construídas umas próximas das outras e, em frente à porta que dava para a rua, era levantada uma espécie de biombo, com uns três metros de comprimento por cerca de um metro e oitenta de altura. Era, naturalmente, um recurso para resguardar a privacidade de cada morador, mas os supersticiosos gostavam de interpretar como sendo um recurso para evitar eventual mau-olhado.

— Meu pai – continuou Kaná – é um homem sensível aos movimentos culturais e sempre nos estimulou a participar das festas folclóricas, gincanas e ações comunitárias. Talvez isso tenha contribuído para que eu me tornasse um pouco mais desinibida. Eu gostava muito das danças e estava sempre envolvida nos ensaios e apresentações.

— É, percebo que há algo diferente em você. E a que grau de escolaridade você chegou?

— Embora gostasse muito de estudar, não fui longe. Quando pequena, faltei muitas aulas, com problemas respiratórios e otite crônica e, na adolescência, fui trabalhar na cooperativa, onde tecíamos chapéus tipo panamá e também os tecidos típicos de Okinawa, para exportação. Enquanto ocupávamos as mãos, aprendíamos muitos ensinamentos antigos, transmitidos pelas pessoas de maior conhecimento. E também aprendíamos a cantar as músicas do nosso folclore. Meu pai tinha um moinho de açúcar de cana e produzia açúcar mascavo. Tudo que ele produzia tinha venda certa, pela sua qualidade, mas você sabe que não há, na ilha, tanta plantação de cana que possa satisfazer a capacidade produtiva de cada moinho. Você já acompanhou a produção do açúcar mascavo?

— Não. Não tenho ideia de como se faz.

— Pois então: a cana é espremida num moinho acionado por um cavalo que anda em círculos. O caldo retirado vai para grandes tachos para fervura e, quando fica consistente, é esfriado e embalado em tonéis de madeira, com capacidade para 100 quilos. Toda a produção de meu pai ia para um centro exportador.

— Nós, em casa, usávamos o açúcar da beterraba – acrescentou Fumy. Depois continuou: — Meu pai era pescador e, na nossa comunidade, a especialidade era desidratar as sardinhas ao sol para fazer *dashi* – o extrato de sabor concentrado.

O *dashi* de sardinha era diariamente utilizado por todos os habitantes da ilha e também exportado. Na sopa, refogado ou nos risotos, era sempre utilizado e muito rico em nutrientes importantes para o organismo humano.

Outro peixe muito apreciado era o Bonito, desidratado. Depois de bem seco, o Bonito ficava com a aparência de um pedaço de madeira, com cerca de dezessete centímetros de diâmetro e 25 centímetros de comprimento. E, em vez de redondo, tinha três cantos ao seu longo. Muitas donas de casa utilizavam a plaina de marceneiro para tirar lâminas bem fininhas, em sentido longitudinal do peixe, para melhor aproveitamento. Após bem fervidos, acrescentavam à água do cozimento o *missô* massa de soja fermentada com arroz – e os demais ingredientes desejados.

Pela escassez de solo e constantes tufões, faltava arroz na ilha; portanto, risoto não era um prato que se fazia amiúde. Muitas vezes, tendo como base esse caldo, colocava-se junto com o arroz algumas folhas bem picadas de artemísia-losna, ou mesmo folhas de batata-doce.

A população adotou, como base de sustentação, a batata-doce, utilizando-a desde o desjejum. Extraíam-na do solo e a maioria das famílias deixava desidratar ligeiramente por alguns dias, ao ar livre, e depois cozinhava no vapor, estendida em peneiras de bambu. Assim, ela ficava mais adocicada e bem consistente.

— Você também, às vezes, pescava? – Kaná perguntou.

— Não, a pesca era em alto-mar. Meu pai levava dias para retornar – respondeu Fumy.

— Mas, você não pegava peixes perto da sua casa, na praia?

— Não, claro que não, pois o mar era muito fundo.

— Mesmo perto da sua casa era fundo?

— Sim, era um mar escuro, bem profundo. O local começa por um rochedo, com o mar fundo já embaixo.

— Em Urumi, onde morei até agora, o mar é muito raso – acrescentou Kaná. A família de meu marido vem transmitindo, através das gerações, algumas histórias antigas e uma delas é que aquele local em que habitamos, antigamente era mar. O local sempre pertenceu ao clã Isha e dizem que o solo se estendeu para o mar, com a agregação de corais e sedimentos vindos do interior da ilha, pela ação da chuva. Uma fina lâmina d'água se estende ao longo da vista e, quando a maré sobe, traz consigo muitos peixes. Quando a maré baixa, muitos deles ficam aprisionados nas depressões e eu tinha imensa alegria em capturá-los. Era sempre uma fartura e eu levava também muitos peixes para os meus pais.

— Eles moravam perto de sua casa?

— Não era assim tão perto, mas podia-se perfeitamente ir até lá com algum tempo de caminhada.

— Você aprecia enguias? – perguntou Kaná.

— Sim, é uma iguaria cobiçada, na nossa região.

— Pois é. Peguei também muitas enguias. Só que elas precisam ser capturadas à noite, pois durante o dia se refugiam nos buracos das pedras. Como o fundo do nosso mar é de corais e rochas de origem vulcânica, elas encontram refúgio fácil nos estreitos labirintos.

— Está vendo essa última falange do meu indicador esquerdo? – Kaná falou, mostrando o dedo da mão. Ficou assim, ligeiramente torto, depois que levei uma mordida de uma enguia. Foi terrível. Com imprudência, coloquei a minha mão na cava para pegá-las e uma delas, com seus dentes minúsculos, porém serrados, abocanhou fortemente a ponta do meu dedo e simplesmente não soltava. Pus-me a gritar, até que meu marido se aproximou e finalmente conseguiu tirá-la. Foi muito dolorido. Por isso, fiquei com esta sequela.

Nesse momento, uma amiga veio alegremente trazer uma xícara bem quentinha de chá verde, para fortalecer Kaná, que prontamente

Kaná

aquiesceu a tão delicado gesto, e a conversa se generalizou entre as três mulheres.

Kaná passou a observar, com carinho e gratidão, a movimentação das companheiras que se achegavam, em solidariedade. Sentiu-se querida e confortada e, assim, pôde suportar com mais leveza as provações físicas pelas quais passava.

21

Santos Maru, o navio mercante, seguia o seu curso. Fazia parte da frota da poderosa empresa Osaka Shosen. Saindo de Kobe, sua rota compreendia Nagasaki, Hong-Kong, Saigon, Singapura, Colombo, Durban, Porto Elizabeth, Cidade do Cabo, Rio de Janeiro, Santos e Buenos Aires.

Havia gincanas a bordo, os passageiros eram convidados a cantar, havia apresentações de danças folclóricas. Os membros das 87 famílias eram sempre estimulados a participar dos jogos. Era tradição, em todas as viagens, ao se transpor a faixa do Equador, promover uma grande festa. Muitos dos passageiros improvisavam trajes de fantasia e esse evento levantou muito o ânimo dos viajantes.

Kaná continuava mareada. Era um terror. Não participava das diversões. Porém, sentia necessidade de ouvir o seu parente culto. Com certeza, enriqueceria e acalmaria seu coração ouvir o que ele tinha a relatar sobre as histórias dos remotos tempos. Perguntou ao marido se sabia onde estava Kenhithi-San.

— Encontrei-me com ele há pouco. Ele foi servir-se de água quente para abastecer a sua chávena – pequena chaleira de porcelana, cerâmica ou ferro.

— Gostaria de estar com ele. Você iria comigo?

– Sim, vamos até ele.

Para Kaná, ainda convalescente, não era fácil caminhar no navio. Encontraram com o parente procurado, sentaram num *tatami*, sobre almofadas, e puseram-se a conversar.

105

Kenhithi-San lembrou que estavam na lua nova e que a noite seria ideal para contemplar as constelações. Lembrou a Kaná que, nos primórdios, havia entre seus ancestrais homens que se aventuravam pelos mares.

Kaná imaginou que deveria ser terrível navegar em embarcações pequenas e mais leves, pois, mesmo sendo de ferro, pesada assim, a embarcação oscilava tanto, o que dizer daquelas mais antigas?

Parecendo adivinhar seus pensamentos, Kenhithi-San falou:

— Mas, aqueles eram homens fortes, dotados de natural talento para a aventura. Os barcos não tinham este cheiro nauseante, pois eram movidos pelos ventos, com suas velas quadradas. Também eram muito grandes, pois transportavam toras de madeira, cavalos e centenas de homens.

— Como era possível isso? – exclamou Kaná, estalando os olhos.

— Sim, sim. Já percebo que você sabe pouco a respeito. E você, Koichi, conhece a história dos grandes navegadores?

— O pouco que sei é das antigas canções.

Kenhithi-San logo abriu seus arquivos mentais. Ah, quanta coisa maravilhosa passava no filme da sua mente. Que maravilha recordar:

— Nos primórdios, relembrou, o homem avançou ao mar pensando na pesca. Mas, à medida que foram aprimorando as técnicas em navegação, nossos ancestrais começaram a explorar o Mar da China. Cultivaram grande amizade com To – a China –, de onde trouxeram facas, telhas, dados, bolas de gude, porcelanas azuis, moedas, capacetes e armaduras, assim como diversos produtos de outras nações dos Mares do Sul. Embora muitos dos implementos agrícolas já fossem construídos em nossa terra, com a arte da forja em ferro adquirido dos navios que aportavam na ilha pelos Adi, nossos navegantes ainda adquiriam foicinhas, machados, plainas, arpões, pregos e pontas de flecha. Tudo isso acontecia, desde a era de Sung, da China, entre 589 e 618. Desde aquela época, constam relatos sobre nosso povo, embora utilizassem ideogramas diferenciados para se referir a nós, pois só na dinastia Ming a grafia do nome Okinawa foi consolidada oficialmente. Nosso arquipélago é o divisor das águas entre o Pacífico e o Mar da China. Este mar banha o litoral chinês desde a Coreia até Taiwan, e é pouco profundo.

Kenhithi-San, quando desatava a falar sobre histórias de sua terra, muitas vezes nem olhava para seus interlocutores. Aliás, não havia interlocutores. As pessoas simplesmente o ouviam embevecidas e tinham receio de que qualquer gesto pudesse atrapalhar seus pensamentos.

Ele voltava o olhar um pouco para o lado esquerdo e, olhando para o nada, prosseguia:

— O Mar da China Meridional, entre Filipinas, Borneo e Indochina, tem mais profundidade, com seu fundo acidentado e com muitas fossas marítimas. Era mais difícil navegar por ele. Os nossos ancestrais se guiavam pela constelação do Cruzeiro do Sul e aproveitavam as monções, os ventos favoráveis à navegação. Outros povos também nos visitavam, vindos das Filipinas, Coreia, China, Malásia e outras ilhas próximas. Esses navegadores deixaram seus *sanys* – suas sementes – entre as jovens da nossa terra e isso influenciou na formação de nossa raça.

— Por isso temos hoje nosso físico e coloração de pele diferentes dos japoneses continentais? – perguntou Koichi.

— É verdade, respondeu Kenhithi-San. A temperatura mais alta de nossa ilha contribui para sermos mais amorenados, mas também existe a contribuição genética de outras raças. Na altura, também temos uma ligeira diferença, somos ligeiramente mais altos. Mas o que sobressai em nosso povo é a hospitalidade, a alegria espontânea, a música e a dança que fazem parte intrínseca do nosso modo de ser. Essa afabilidade, a alegria transparente e a cordialidade foram qualidades que, definitivamente, conquistaram a elite da dinastia Ming, que nos considerava diferentes dos povos em geral. Tanto que, em 1372, depois de catorze anos no poder, essa dinastia tornou-se verdadeira tutora do progresso naval e intelectual de Okinawa. Foi o início de um feliz intercâmbio, que durou quinhentos anos.

— Quinhentos anos?! – exclamou Kaná.

— Sim. Mas as negociações de Okinawa não se restringiam à China. O comércio internacional era muito abrangente. Foi uma era de prosperidade.

— Mas, por que isso acabou? – interveio Koichi.

— Ah, isso pede outra longa explanação – alertou Kenhithi-San. Será melhor nos atermos hoje só às navegações. Em outra oportunidade falaremos desses outros acontecimentos.

E prosseguiu:

— Duas vezes por ano, uma delegação visitava Ming e apresentava o pagamento de tributos; mas a frota era sempre de duas a quatro embarcações, onde viajavam representantes da corte, comerciantes, os marujos e homens que constituíam a guarda, para defendê-los dos piratas chineses e coreanos. Levavam grandes carregamentos, incluindo madeiras. Comercializavam também sândalos e outras madeiras aromáticas e incensos. Incluíam o cobre, armas de todo tipo, folhas de ouro, porcelanas, artigos de laca, biombos, almíscar, pedra-ume, cereais, cebola, alguns legumes, pimentas, chifres de rinocerontes, plantas como aloé-vera, redes de pescar, enxofre, galináceos especiais de delicada plumagem, aves exóticas, como papagaios e pavões, e animais como macacos e cavalos. Comercializavam leques, tecidos, finos brocados, sedas e roupas. Também vendiam os bem cotados aparelhos de chá em cerâmica rústica, característica de Okinawa, e peças de barro.

— Nem dá para acreditar em tanta coisa, dizia Kaná, enquanto Koich meneava a cabeça, incrédulo.

— É. A nossa história é inacreditavelmente linda.

— Mas, como nunca nos ensinaram isso na escola?

— Não ensinam nas escolas porque fomos dominados por Satsuma e é sempre interesse do dominador apagar a história do povo e introduzir, para as novas gerações, só o que lhes convém politicamente.

— Hum... – aquiesceram os dois e ficaram atentos para ouvir mais.

— As maiores negociações tiveram início na gestão do imperador Satto, que transferiu para Shuri a capital, construindo aí o palácio tão amado por todos até hoje. Antes, a sede do poder era Urasoe. Satto governou 46 anos, e seu filho, Bunei, sucedeu-o, tendo sido legitimado por Ming, em 1396. Governou apenas dez anos, sendo deposto por Sho Hashi. Sho Hashi era filho de um Adi de um pequeno reino do Sul, chamado Nanzan. Aos vinte anos, substituiu seu pai, ainda vivo, na condição de Adi. Iniciou bem cedo sua vida pública, que foi extraordinariamente promissora, marcando definitivamente a história das ilhas.

Percebendo que estavam todos atentos, disse ainda:

— No reino do Sul, o comércio não era atributo exclusivo da corte e ele utilizava os dois portos da região e adquiria ferro dos navios estrangeiros e, com eles, fabricava instrumentos agrícolas. Houve conflitos internos neste reino, e Sho Hashi, aproveitando a desorganização, conquistou mais quatro povoados. Em 1406, ele destronou Bunei, filho e sucessor de Satto, soberano do reino do centro, Chuzan. Porém, em vez de assumir o reinado, colocou, em seu lugar, seu pai, Sho Sisho. Como seu objetivo não cessava aí, partiu para conquistar o norte. Surgiu daí a primeira dinastia Sho, que durou de 1406 até 1469.

— Incrível. Como pode o senhor memorizar tudo isso? – perguntou Kaná, admirada.

— É um dom natural que veio comigo desde o nascimento – explicou Kenhithi-San. O que eu leio, com facilidade cola numa tela que tenho dentro da cabeça e enxergo muito do que já li. Mas, voltando a Sho Hashi, sua liderança era brilhante. Outros conflitos ocorriam no sul, expondo a fragilidade da corte, incapaz de conciliar interesses e a harmonia entre os Adi. Sho Hashi aproveitou essa instabilidade e conquistou também essa região, unificando os três reinos numa só nação: Okinawa.

E continuou:

— Okinawa permaneceu ainda com três limites em seu mapa, para facilidades administrativas, mas obedecendo todos eles a uma só política. O norte passou a se chamar Kunigami, o centro, Nakagami, e o sul, Shimadiri. Nos dezessete anos em que reinou, até sua morte, Sho Hashi realizou grandes obras. O castelo de Shuri, uma herança da gestão Satto, ficava num morro a 130 metros acima do nível do mar. Sho Hashi o ampliou, reformou e ele passou a ocupar uma área de 46.167 metros quadrados. Construiu belos jardins, um magnífico lago artificial, Ryutan, e, entre respeitáveis muros, construiu um portal que se tornou famoso. Nele mandou escrever uma frase que se tornou lendária: "País da Cortesia".

Kenhithi-San era incansável em sua explanação. Continuou:

– Sho Hashi introduziu a cultura da cana-de-açúcar vinda da província de Fukien, na China, o mesmo lugar de onde vieram as 36 fa-

mílias que formaram Kuminda. E desse mesmo lugar veio a batata-doce, tendo esses dois produtos importância vital na nossa história, pois o açúcar tornou-se o produto mais importante para exportação e a batata-doce passou a ser, por tantos séculos, a nossa alimentação básica.

— Qual era especificamente a função de um Adi? – perguntou Kaná.

— Os Adi eram os grandes colaboradores dos pequenos monarcas, desde quando os *madiri* – os povoados – eram formados por 50 a 100 membros. Os Adi tinham a função de mentores e, apesar da modesta conjuntura socioeconômica, foram elevados à aristocracia, tendo seus postos logo abaixo dos príncipes. Incrível era que esses postos também podiam ser outorgados às mulheres, num período em que, em todo o mundo, elas eram consideradas como classe inferior.

Havia chegado a hora do jantar e tiveram que interromper tão agradável conversa. Lamentando a interrupção, Kaná perguntou se ele não se importaria de, em breve, comentar sobre o comércio de Okinawa.

— Para mim é sempre uma alegria discorrer sobre a nossa história – respondeu, com satisfação, Kenhithi-San. Na primeira oportunidade, falaremos sobre isso, sim. Agora, vamos ao jantar que irão servir.

22

Kaná tinha consciência de que não deveria permitir que a melancolia se instalasse em sua alma. Era preciso lutar, com todas as suas forças, contra os males que estavam minando sua vida.

O mal-estar que a viagem ocasionava e a tristeza profunda provocada pela saudade da família só poderiam ser combatidos com uma força especial, cavada do fundo da sua alma.

Se havia tomado a decisão de ir para o Brasil, para resgatar sua dignidade de mulher, era imprescindível, doravante, ir até o fim. Era necessário e salutar colocar coisas novas em sua mente, para tomarem o lugar das elucubrações tristes que vinha mantendo nos últimos dias. Era oportuno, portanto, estar com o seu *thigah* e preencher a cabeça com novas informações e novos pensamentos.

Não foi fácil localizá-lo naquele dia, mas finalmente o avistou numa parte distante do convés.

— Desculpe, *odissan*, se o interrompo em suas meditações, mas gostaria de desfrutar um pouco da sua companhia.

Kenhithi-San realmente estava mergulhado em profundos pensamentos, diante daquele imenso, infindável mundo azul-marinho. Chegara à conclusão, naquele espaço de tempo, que o maior patrimônio que um ser humano pode ter, além de seus familiares, era a qualidade das informações que trazia em seu cérebro, além dos seus afetos do coração. "Desses quesitos resultava a qualidade do homem", concluiu ele.

Entendeu que tinha uma família bem constituída, com filhos saudáveis, nos quais procurava incutir a importância da busca do conhecimento. Embora percebesse que nenhum deles tinha – pelos menos naquela época – manifestado vocação à pesquisa, como ele.

Enquanto os homens gostavam de se reunir para ir à casa de banhos e massagens, estendendo noitadas pelas, então conhecidas, "Casas alegres com mulheres", ele preferia estar com os livros.

Mas, por vezes, sentia-se frustrado, reconhecendo que era mais um expectador da vida presente e passada, nada contribuindo de verdade para a história. Porém, aceitava sua pequenez e dizia para si mesmo que sua família e os livros lhe bastavam.

Agora, naquele vazio azul-marinho que a vida lhe apresentava, reconhecia pela primeira vez o real tesouro que trazia dentro de si, em forma de conhecimento.

— Bom-dia, Kaná-Thian, respondeu, como que saindo de um transe. Passou melhor de ontem para hoje?

— Sim, felizmente, sinto-me melhor.

— Sabe, eu estava aqui comigo pensando que enquanto a máquina do cérebro estiver funcionando bem, o patrimônio cultural que temos é algo que ninguém poderá dilapidar. Mas seremos uns tremendos egoístas se não quisermos dividir o que sabemos com outrem. Por isso, quando vejo que você quer compartilhar dos meus conhecimentos, tenho prazer em lhe repassar. Mas são poucas as pessoas que buscam isso. Você, ontem, me disse que gostaria de saber sobre o comércio ultramarino de Uthina, talvez porque saiba que teve um dos seus ancestrais entre eles. Então vamos conversar.

Convidou Kaná para se acomodarem nos *tatami* e, durante o trajeto até o local, cumprimentaram algumas pessoas e obtiveram notícias de outras que também passavam mal.

— Kaná-Thian, quero lhe dar um conselho. Você, sendo jovem, lembrará por muitos anos o que vou lhe dizer: a qualidade de cada ser humano depende da qualidade das informações que ele coloca na sua mente. Lembre-se sempre disso e selecione o que você deve armazenar em sua memória. Voltando, agora, para as histórias antigas, nossos antepassados foram valorosos navegantes e exímios comerciantes. Mesmo quando o comércio era incipiente, nossos reis se mantinham no comércio exterior. Negociavam enxofre, espadas, leques, cavalos, couro de boi, todos esses itens produtos da ilha. Era também muito apreciado o nosso tecido, *bashô-fu*, leve e fresco, feito com fibras de banana. Bem, você deve saber bem disso, pois trabalhou nos teares das cooperativas de exportação.

— Não, não sei não, *odissan*, pois os fios já vinham tingidos e só nos competia tecê-los. Nunca tivemos conhecimento da procedência dos fios e nem o destino dos nossos trabalhos.

— Dos produtos da ilha, uma coisa muito apreciada, sobretudo pela China, era o *naku-uma*, um cavalo de pequeno porte, porém vigoroso, que servia tanto para montaria quanto para a agricultura. A China, com seu imenso território, agricultura desenvolvida e correios por todo o país precisava muito desses cavalos.

— Levavam tantas coisas assim, *odissan*?

— Sim, sim, muitas outras coisas, por muitos portos desse mundo.

— É espantoso, não? Custa-me entender tudo isso. É fascinante saber disso!

— Lembre-se de que essa história é de um período em que poucos privilegiados eram letrados. Por isso, pouco registro se tem dessas épocas. Mas, os feitos desses homens, sim, eram espantosos. Partiam do porto de Naha, em grupos de dois, três ou quatro barcos de junco, no outono. Contornavam as ilhas do nosso arquipélago, como Miyako e Yaeyama, um conjunto de oito ilhas no extremo sudeste, próximo à Taiwan. Seguiam pela costa da China, a província de Fukien, e prosseguiam descendo. Lamento não dispor de um mapa, para ficar mais claro para você visualizar. As correspondências eram sempre redigidas em chinês, porque em todos os países, nas cidades portuárias, existiam colônias de hábeis comerciantes chineses, alguns com destacada cultura, atuando nas relações exteriores de seu país. Em todos os locais, a China sempre exigiu que sua superioridade fosse ressaltada e consta que, mais tarde, quando negociou com Holanda, Portugal, Espanha, França, Inglaterra e Estados Papais, também exigiu tributos para fins comerciais. A China sempre quis manter o controle geopolítico da região, mas o príncipe regente da milenar família imperial Hamato – Japão – que governou de 593 a 621, rebelou-se, não admitindo pagar tributos para a China. A partir daí, o país não pôde mais manter o comércio com aquela poderosa nação. Embora o príncipe fosse mandatário da nação japonesa, os Shogun, com seus séquitos de leais Samurais, tinham autonomia dentro do seu território e podiam exercer o comércio com o exterior. Mas acabaram por não o fazer de forma regular, como Okinawa, que levou vantagens com o comércio oficial.

As lembranças sobrevinham:

— Tanto o Japão quanto a Coreia e a China consumiam substancialmente os produtos dos Mares do Sul e, nestes três países existiam *okinawanos* residindo nas cidades onde os navios atracavam com mais frequência, para facilitar o comércio. Dentre as importações de *Okinawa*, estavam alguns tecidos indianos que muito influenciaram na nossa tecelagem. Em fibras de algodão, linho ou seda, formando desenhos desbotados em alguns pontos, transformou-se no sistema Kasuri, muito apreciado nos dias atuais. Dentre os nossos produtos, havia um muito apreciado pelos monges budistas e adeptos da cerimônia do chá: as cerâmicas rústicas, características de Okinawa, com as quais eram compostos conjuntos para aquela cerimônia.

Por vezes, Kenhithi-San receava ser repetitivo, mas também sabia que a repetição era útil para melhor fixação. Assim, continuava em suas narrativas:

— As embarcações de Ryu-Kyu cruzavam mares, transportando encantamento e trazendo riqueza para seu reino. Intermediavam porcelanas e moedas chinesas de cobre, louças laqueadas em pó de ouro, ágatas, finos leques, espadas de alta qualidade – as famosas Katana – e outras armas e armaduras, entre tantos outros produtos. Ainda na primeira dinastia Sho, em 1458, no auge da prosperidade, o rei mandou fundir um imenso sino e com ele adornou o pavilhão central do palácio. Incluiu em sua inscrição os dizeres: "O reino de *Ryu-Kyu*, nos Mares Meridionais, numa localização privilegiada, reúne as excelências da Coreia e mantém íntimas relações com a China e com o Japão. São ilhas de eterna juventude, situadas entre os três países, e que fazem do comércio uma ponte para o mundo. A terra enriqueceu com o tesouro trazido pelos navios mercantes de todos os cantos do orbe". Do centro do palácio, o sino elevava ao céu infinito o seu som altaneiro e, sobre o Mar da China e sobre o Pacífico, nada havia que turvasse a sua metálica e límpida voz, estimulando seus filhos navegantes a vencerem as ondas, sob a luz do Cruzeiro do Sul, levando os feitos dos homens, intercambiando conhecimentos e prosperidade.

— Percebeu, Kaná-Thian, que a função desses navegantes era comercializar, mas a missão era transportar os feitos dos homens e intercambiar conhecimentos e prosperidade?

— Mas, *odissan* – ela perguntou perplexa – com toda essa história, por que o nosso país é tão pobre?

— Procure digerir bem tudo o que você ouviu hoje e, numa outra oportunidade, direi por que não enriquecemos, e, sim, empobrecemos.

23

Naquele dia, houve muitos entretenimentos que agradaram às crianças e o dia passou mais depressa.

Após o jantar, os *okinawanos* formaram novamente seu grupo e se puseram a tocar os *sanshin*. Alguns, animados pelo saquê, começaram a se soltar e dançar, como se estivessem em suas aldeias.

A dança e a música afloravam rapidamente entre os *okinawanos*. As mãos eram muito enfatizadas, assim como também era a colocação dos pés. Os movimentos das mãos, sincronizados com as dobras dos cotovelos e o movimento do pescoço, tudo se tornava harmonioso. A coordenação dos pés com as dobras e movimentos dos joelhos também eram muito importantes. Para os homens, as danças eram viris, enquanto que, para as mulheres, sobressaía a delicadeza dos movimentos.

Sato-San se aproximou do grupo, pois passou a se interessar muito por toda cultura de Okinawa. Ele apreciava, sobremaneira, a conduta mais espontânea desse povo, que lhe passava a sensação de maior transparência e afabilidade.

Sem a intenção de perturbar a confraternização, sempre que oportuno, Sato-San perguntava a Akamine-San o significado das músicas.

E ouvia do amigo explicações como: — Esta música, Sato-San, foi elaborada para um rei que, condoído com os flagelos que vitimou seu povo, ia visitá-lo com frequência. Ela externa a gratidão dos mesmos, quando diz:

— *Até que este seixo*
Se torne uma grande pedra,
Desejamos a Vossa Majestade Que uma boa saúde o imante
E sua vida perdure entre seu povo.

A música seguinte soou ainda mais melodiosa e mais uma vez Akamine-San explicou: — Nessa música, são repetidas as palavras que um rei sempre enfatizava, quando estava junto de seus súditos:

— *Como a suave brisa da primavera,*
É de vital importância
Que o Ser humano
Também viva com brandura.

Sato-San meneava a cabeça afirmativamente e repetia animado: — *Naruhodo, naruhodo* – certamente, com efeito. É usual os japoneses repetirem essa palavra, quando admiram alguma coisa e com ela concordam.

As contendas políticas também viravam letras de música, pois era dessa forma que se transmitiam os ensinamentos e se preservava a história, em épocas em que não se utilizava a escrita. Por muito tempo, só os homens da aristocracia tinham acesso às letras. E assim seguiam as canções:

— *Um ministro, numa contenda com outro, disse: O que é dignificante?*
O admirável e o abominável
Também são naturais
E inerentes ao ser humano. Tudo tem seu valor,
Exceto o que não é citado.

Um político também teve suas palavras registradas na música, para o povo:

— *Não aprecio elogios. Não aprecio o desprezo.*
Vamos passar pelo universo, Em paz e harmonia.
Nós outros vamos passar pelo mundo, Redondos, como a lua.

Dizem que um membro da corte perdeu seu filho, ainda pequeno, e ficou inconsolável. O seu adversário dedicou-lhe uma música, que banhou sua alma de graça e paz. Graças a esse ato tão generoso, pôde recobrar sua antiga energia:

— *A criança inocente*
Foi ao país desconhecido.
Nossos ancestrais deem-lhe
Suas mãos e conduzam-na.
Eu não tenho acesso a ele.
Ele é intangível.
Gostaria, pelo menos da sua sombra,
Para poder venerá-lo.

Os infortúnios e as tragédias humanas também viravam música. Uma jovem foi vendida por seus pais para um *Tyidi* – outra forma de se referir à casa de mulheres –, quando essas casas só existiam em Naha. De sua aldeia, atravessou por uma ponte:

— *Ah, quem construiu esta ponte? Não fosse ela, eu teria sido Impedida de vir até aqui.*

Muitos dos antigos preceitos também eram repassados às gerações seguintes, pela música:

— *Que a posição de seus sentimentos Seja ereta como os bambus.*
Que o sentimento da Retidão de conduta Esteja sempre guardado,
Profundamente, em seu ser.

Muitos dos músicos tinham o hábito de fechar os olhos, tocar *sanshin* e cantar emocionados. A impressão que eles transmitiam era de que voltavam no tempo e absorviam todos os acontecimentos de um passado remoto.

E assim, de música em música, de dança em dança, mais uma noite passou, em confraternização.

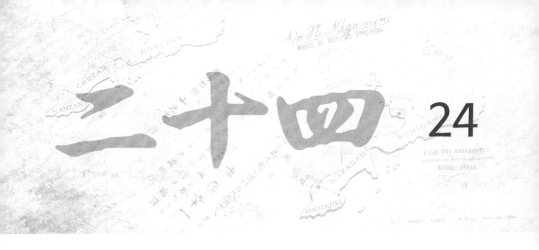

24

Certa manhã Kenhithi-San, conversando com o imediato, perguntou por qual ponto exatamente estavam navegando.

— Já ultrapassamos o Mar da China Meridional e em breve entraremos no mar Índico – foi a resposta.

Trocaram algumas impressões sobre a viagem dos últimos dias e logo depois se separaram. E Kenhithi-San se pôs a navegar pelos longínquos séculos passados. Fascinavam-lhe, também, os caprichos da mente humana, que saltava de um acontecimento a outro, numa velocidade atroz.

Lembrou dos arquivos que estiveram, durante muitos séculos, resguardados no palácio de Shuri. Após a anexação de Ryu-Kyu ao Japão, centenas de volumes que registravam os feitos dos ancestrais foram enviados para Edo – Tokyo – e muito dessa documentação desapareceu, no grande terremoto de Kantô, em 1923.

Santos Maru continuava cumprindo a sua missão de transportar sãos e ilesos os seus 578 viajantes, com o empenho dos membros da sua tripulação.

O Cruzeiro do Sul permanecia sereno, acompanhando-os. De quando em quando, avistavam outros navios e barcos cortando aquelas águas. O céu parecia mais azul e límpido, enfeitado de flutuantes nuvens brancas. Por vezes, alguns golfinhos faziam reduzir a triste rotina da água infinita e as gaivotas, que seguiam o navio por longo tempo, emitiam os seus sons, que com o tempo também se tornaram monótonos.

Kaná continuava em seu sofrimento e emagrecendo a cada dia. Às vezes, chegava a pensar que talvez sua sina fosse ficar com aquele horror dentro de si para o resto da vida, isso se não sucumbisse antes. O odor nauseante que a chaminé expelia dia e noite, sem cessar, deixava-a exasperada, desalentada e extremamente infeliz.

Aconteceu que no Mar Índico a travessia se tornou ainda mais turbulenta. Algo começou a mudar no céu e sabe lá Deus onde mais, e o alerta começou a soar. Todos tiveram que se recolher para seus aposentos e o navio começou a tremer mais, muito mais que o usual, e a balançar ainda mais assustadoramente. Crianças choravam, mais e mais pessoas vomitavam e o caos foi estabelecido, com cada um dos viajantes totalmente assustados e apreensivos.

A tripulação se desdobrava, as pessoas tinham que ser atendidas, médicos e enfermeiros ficaram cada vez mais solícitos e o navio continuava dentro da tormenta, para desespero de todos.

Os tufões, que sempre assolavam as ilhas de Okinawa, nasciam no Mar Índico. Os viajantes não tinham ideia disso. Navegar no meio de um tufão não era coisa que se pudesse imaginar.

— Se um tufão em Okinawa durava três dias, ali no mar deveria durar esse mesmo tempo, ou ainda mais – concluíam alguns.

Ficarem confinados nos porões do navio, cada qual em seu leito, para esperar o desenrolar das coisas, era absolutamente tétrico e traumatizante.

— Este navio de ferro, tão pesado, vai submergir nas águas e nem vamos saber – exclamavam apavorados alguns passageiros.

— Não... Pior seria se ele fosse leve, pois o vento já o teria virado – diziam outros.

Foi terrível. Os vagalhões castigavam o Santos Maru impiedosamente, em sucessivas e longas ondas, criadas pelos implacáveis ventos que se digladiavam sobre esse mar.

Kaná tinha a impressão que estava sendo virada e revirada dentro do caldeirão do inferno e que suas vísceras seriam expelidas pela boca.

Ao cabo de três dias e meio, o balanço no navio começou a amenizar e as pessoas começaram a se acalmar. Mas corria o boato de que havia acontecido um óbito entre os passageiros. Ninguém sabia ao certo. Se era alguém conhecido ou não, homem ou mulher, criança ou adulto... E todos se mantinham silenciosos, aguardando notícias mais esclarecedoras.

Por fim, ficaram sabendo que tinha sido um senhor de Hamato. Kaná, assim como outros tantos passageiros, não ficou sabendo bem a causa da morte do pobre homem. O mar não estava sereno e sobre ele pairava uma bruma, mantendo um aspecto soturno, não era possível se esclarecer o que havia acontecido.

Mais um dia se passou. Finalmente, foi comunicado que quem quisesse participar da solenidade do funeral do pobre homem poderia dirigir-se para o convés, na hora determinada. Houve um ritual religioso, em moldes que Kaná desconhecia. Um odor de incenso exalava no ar, alguns toques de sino ecoaram naquele mar ainda nevoento, a voz gutural do monge fez ressoar uns mantras.

Kaná ainda não entendia como se realizaria o funeral propriamente dito. Como seriam os rituais de cerimônia da família, as oferendas, o cortejo. Teriam realizado um tratamento no corpo do falecido, para sepultá-lo onde a família residiria? Enfim, era melhor não pensar, porque quase não podia parar de pé, tal o seu estado de debilidade, depois de tantos dias de mal-estar tão severo. Só estava mesmo nessa cerimônia, em consideração a esse homem que sofrera tamanha desventura. Falecer longe de todos os parentes é algo incompreensível. Afinal, as famílias japonesas são compostas, há séculos e séculos, de uma longa linhagem e, quando há um óbito, todos ficam coesos, nessa hora de sentida despedida e merecida homenagem.

Houve um discreto soar de gongo, o estalar da palma das mãos do monge, o toque de uma sineta e a voz do celebrante foi silenciando. Um pequeno movimento iniciou-se perto do falecido e a movimentação foi-se irradiando entre os que lhe estavam prestando homenagem.

Para surpresa estarrecedora de Kaná, o homenageado, envolto em uma manta, estava sobre uma prancha que foi apoiada sobre o convés. Após ligeira inclinação, ele deslizou para as águas desconhecidas daquele mar turvo, enevoado de céu cinzento, sem luz.

Aquilo foi para ela um ato tão traumatizante que nem sabia como poderia conviver com aquela funesta lembrança. Destino miserável para um homem, insepulto, atirado às profundezas do mar e devorado por bichos estranhos.

Kaná pensava nas consequências futuras do insepulto. Ele não seria exumado, seus ossos não seriam incinerados e agrupados junto aos dos seus ancestrais para todo o sempre. Trágica realidade, sua carne seria devorada por estranhos e vorazes animais marinhos, na vastidão escura do mar, seus ossos dispersos, girando a esmo nas profundezas. Nunca poderia buscar o caminho de casa, unindo-se ao túmulo de sua família secular. Era tragicamente desolador, inconcebível.

25

Na família de Kaná, cultuavam a crença de que o final era o mais importante – na língua de seu povo, se dizia: – *Ryithyi-du kannuh na mum yaru*. Por isso não conseguia se conformar com o que vira acontecer. Arrematar uma vida daquela forma? Que castigo teria sido esse? Não, ela não poderia digerir tal barbaridade.

Começou a considerar o quanto a cerimônia, o acompanhamento do cortejo, as oferendas familiares eram importantes, em seu conceito. Quando alguém falecia, a guarda era feita em sua própria casa e todos os parentes e amigos cravavam um incenso aceso no incensório, colocado diante do oratório da família.

Ao lado dessa peça , o representante de cada família colocava, discretamente, um envelope com a insígnia estabelecida tradicionalmente para essa ocasião, um valor em dinheiro para auxiliar nos funerais. Essa ação de solidariedade vem dos primórdios, quando as dificuldades eram ainda maiores. O convívio comunitário, produzindo e dividindo benefícios e prejuízos, consolidaram o espírito de união nas horas de dificuldade.

Kaná se lembrou que também nas horas aprazíveis a solidariedade estava sempre presente. Quando alguém recebia hóspedes, os vizinhos e parentes faziam visitas, para dar as boas-vindas e levavam gêneros alimentícios – resquícios também da antiguidade, quando os vizinhos e parentes se aliavam ao anfitrião para propiciar a melhor recepção possível.

    Durante a guarda do corpo em um funeral, a vigília prosseguia noite adentro e as pessoas idosas tinham o hábito de dizer que não podiam deixar o corpo só, porque, se um gato subisse sobre o mesmo, esse corpo iria ficar mumificado. Era hábito, durante o cortejo, mulheres de parentesco próximo cobrirem seus rostos com finos tecidos e acompanharem o funeral, chorando.

    As mulheres que acompanhavam pranteando o falecido caminhavam sustentadas por uma companheira, que as segurava pelos ombros. À frente, alguém guiava o cortejo, badalando um pequeno sino, de forma ritmada.

    Na véspera do sétimo dia, as mulheres da casa se ocupavam muito na preparação das oferendas ao falecido e aos seus ancestrais. Os parentes próximos e as amigas mais chegadas eram sempre muito solidárias nessas ocasiões, e as mais velhas, portanto mais experientes, passavam para as mais jovens os detalhamentos do ritual.

    As noras que vinham de lugares distantes percebiam que alguns detalhes eram diferentes do seu local de origem, mas isso não era questionável. Teriam de aderir, doravante, aos hábitos de onde agora pertenciam.

    Para o culto do sétimo dia, após o meio-dia, as pessoas já começavam a chegar e ofertavam seus bons sentimentos e reverência diante do oratório, com um incenso aceso, espetando-o no incensório. Os mais discretos faziam apenas uma reverência, mas era usual os mais idosos homenagearem e conversarem com o falecido, em voz audível por todos. Muitos dos que estavam próximos meneavam a cabeça, concordando com a mensagem que era enviada ao recém partido e outros ancestrais. Esses preferiam externar a mensagem em viva voz, por acreditar que se o espírito do falecido estivesse vagando por lá, ouviria bem a sua intenção. Outros achavam que um espírito ficaria vagando por sete dias pelo local onde antes habitava.

    Nesse dia, também os visitantes depositam um envelope, mas desta vez com valor menor em dinheiro, considerado como oferta para o incenso.

    As pessoas também ofereciam alimentos diante do oratório. Elas acreditavam que com as oferendas estariam ofertando aos entes queridos de outra dimensão as energias invisíveis que emanam de cada alimento. Se, por acaso, aquele que se foi estivesse com saudades do que costumava degustar enquanto vivo, por intermédio dessa energia poderia se saciar.

Era praxe oferecer *tofu* – queijo de soja – que, para essa cerimônia, deveria ser levemente frito em retângulos de cerca de quatro centímetros de comprimento por dois e meio de largura. Também em retângulos era cortado o bacon, representando a carne de suínos, a carne mais apreciada por eles, depois do peixe.

Oferecia-se também batata-doce empanada, no mesmo formato. Arroz, consomê de missô, chá, saquê, *motti* – um doce de arroz especial.

A norma recomendava sete exemplares em cada prato. Aos parentes e amigos também eram servidas essas mesmas iguarias.

Antes do entardecer, esses alimentos eram retirados do oratório e quem deles quisesse se servir estaria ingerindo alimentos abençoados pela divindade e, então, ao pegá-los, com as mãos justapostas, fazia-se uma pequena reverência.

Os rituais mudavam um pouco, de região para região. Em algumas delas, era hábito retirar um exemplar de cada oferenda, já energizado, e colocá-lo num ponto do quintal, como oferta para eventual espírito errante que por ali vagasse.

Na segunda semana de falecimento, a cerimônia era íntima, e na terceira, todos os parentes e amigos participavam. Na quarta semana, era novamente íntima, na quinta, só os familiares mais chegados participavam e na sexta, novamente, o ritual era bem íntimo.

Na sétima semana, novamente todo o ritual com todas as oferendas, como no sétimo dia, com comparecimento maciço dos amigos e parentes. Os que chegavam se faziam acompanhar com o envelope de dinheiro, um pequeno valor para contribuir com as oferendas.

O povo pouco sabia das verdadeiras razões para tais cerimônias. Mas a tradição era seguida, sem questionamentos.

Kaná relembrava todo o ritual e as ações das mulheres no preparo dos alimentos, com muita deferência. E vendo aquele pobre homem sendo arremessado ao mar, sem ninguém poder prestar-lhe os devidos cultos, ficou consternadíssima, com tamanho e indescritível infortúnio.

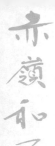

Ela acreditava, pelos ensinamentos de sua família, que, em nossa caminhada no círculo da vida , vamos deixando rastros, uns tangíveis e outros não. Em todos os casos, nossas ações vão deixando marcas indeléveis no espelho da vida, também circulando ao nosso redor, em velocidade que desconhecemos. O reflexo desse espelho, de forma ampliada, traz as consequências que as nossas ações provocaram. No girar do firmamento, às vezes esse reflexo chega um pouco atrasado e acaba por refletir sobre nossos descendentes. Se as ações foram benéficas, os descendentes serão abençoados, e se foram negativas esses efeitos serão penosos.

Por isso mesmo, sempre levaram à risca os preceitos de que os atos deveriam estar dentro das restritas normas de retidão. Isso preservaria a linhagem futura da família de passar por infortúnios ou dolorosas provações. Nada é mais aflitivo do que ver filhos, netos ou bisnetos atravessando tragédias, sobre as quais você não tem poderes de atuação.

Então, Kaná pensava: "será que esse pobre homem, que faleceu nessas circunstâncias, teria passado por uma malfadada onda, provocada por seus ancestrais? E que efeitos teria o seu sepultamento tão impróprio na vida de seus descendentes"?

Kaná não se conformava... E não parava de pensar e de lamentar tamanho infortúnio sofrido por aquele senhor.

26

Passada a tempestade, todos ainda estavam tentando elaborar tudo o que havia acontecido e um grupo, junto a Kenhithi-San, comentava que, com certeza, aqueles ventos, levantando ondas tão altas, tinham sido *oni-kase* – ou seja, ventos do demônio.

Kenhithi-San lembrou, então, que alguns séculos antes, o neto de Gengis Khan havia enfrentado um verdadeiro *oni-kase* – uma tempestade que quase acabou com a frota e com os guerreiros liderados por ele, quando tencionavam invadir o Japão. Porém, sob o ponto de vista dos japoneses, aqueles foram k*ami-k*ase, ou seja, ventos divinos.

Estavam umas oito pessoas na mesa do refeitório conversando, quando Kenhithi-San começou a falar. Sato-San logo sorriu satisfeito e se entusiasmou, comentando com seu companheiro Goto-San: – Vamos ter uma bela explanação agora... E estimulou o erudito a continuar falando:

— Akamine-San, não conheço essa história. Incomodar-se-ia de nos contar?

— Bem, para contar essa história de Kublai Khan, primeiro devo contar um pouco sobre a vida de Gengis Khan, seu avô, que acho muito interessante. Mas abreviarei, porque a história é longa.

Eis a história que contou:

Gengis Khan era filho de tribos nômades das vastas estepes do norte da Ásia, com severíssimo clima frio no inverno, que chegava a atingir

127

42 graus Celsius negativos. Desde os tempos imemoriais, essas tribos praticavam a guerra, a caça e o pastoreio.

Viviam em tendas de feltro preto e seus arqueiros, a cavalo, levavam o terror à China. Daí esse país ter empreendido um esforço titânico e construído a gigantesca Muralha da China, para mantê-los afastados.

Quando Gengis Khan nasceu, recebeu o nome de Temugin e, nessa época, pradarias e fontes d'água eram motivos de guerra entre as tribos das estepes, que eram formadas pela união das famílias, constituindo um clã, com aristocracia dirigente hereditária. Os componentes dos clãs se destacavam dos guerreiros, dos homens de pastoreio e dos escravos.

Temugin era sobrinho neto de um lendário guerreiro chamado Kabul, que conseguiu reunir 20 mil homens, sob a Bandeira do Falcão. Embora tenha nascido um *khan* – príncipe –, o garoto teve uma infância igual às demais crianças, disputando restos de comida com os cães e juntando esterco para ser utilizado como combustível. Teve como tarefa pescar e caçar pequenos animais para a alimentação e limpou cavalos.

Quando estava com 13 anos, seu pai faleceu e ele assumiu a liderança das tribos confederadas. Porém, seus súditos, desapontados por terem um mentor tão jovem, o abandonaram, unindo-se a outras tribos. Tornou-se um príncipe sem súditos.

Mais tarde, por meio de alianças, foi dominando todos os clãs e dando a eles o mesmo nome do seu grupo de origem, ou seja, Mongóis. Ao estender esta denominação a todas as tribos, dava-lhes nova alma e dignidade e assim as fundiu numa nova nação.

Finalmente, o unificador das tribos foi proclamado O Supremo Soberano. Nascia Gengis Khan, imperando sobre 32 povos.

No verão de 1215, Gengis Khan e seus homens venceram a Muralha da China e destruíram totalmente a cidade de Pequim, onde imperava a dinastia Sung. Permaneceu por um ano e deixou 23 mil homens para consolidar a conquista.

Ao morrer, em 1226, dividiu seu reino entre seus filhos e, quando aquele a quem coube a China faleceu, seu neto, Kublai Khan a governou.

Em 1274, parte da força expedicionária Mongol, liderada por Kublai Khan, transportada em navios coreanos, chegou a desembarcar em Hakata, na ilha de Kyushu. A força local estava sofrendo alguns reveses, quando os invasores foram surpreendidos por violenta tempestade e recuaram.

Em 1281, Kublai Khan ordenou outro grande ataque, com expedição partindo da China e da Coreia e essas forças invasoras desembarcaram em vários pontos, travando batalhas com as formações militares japonesas. A luta perdurou por todo o verão, mas, com a chegada do outono, vieram novamente os terríveis ventos, destruindo a maior parte dos navios e, os que tiveram chance bateram em retirada.

Os terríveis ventos levantaram ondas colossais, com as quais os sino-mongóis e os coreanos não puderam lutar. Os japoneses batizaram esses ventos de *kami-kase*.

Dez anos depois, em 1291, o ataque de Kublai Khan foi dirigido para Okinawa, com 6.000 homens. Apesar de muitos deles terem desembarcado, os homens da ilha, em valorosa luta, conseguiram rechaçá-los.

A exposição de Akamine-San tinha sido rápida, já que ele não se sentia muito à vontade falando para um grupo de pessoas. Mas havia deixado nos companheiros uma boa impressão sobre seus profundos conhecimentos.

27

O navio Santos-Maru prosseguiu a viagem, sem maiores incidentes. Durante aqueles dias difíceis, Kaná continuava incomodada com a lembrança daquele funesto acontecimento do corpo arremessado ao mar.

Porém, uma luz veio brilhar, em forma de notícia alvissareira, e tornou a viagem um pouco mais alegre: havia nascido uma menina a bordo. Notícias corriam de que era perfeita e bem saudável. A mãe também passava muito bem.

Dias depois, chegaram ao porto Elizabeth, na costa leste da África. Todos desembarcaram e Kaná, acompanhada de seu marido Koichi e de vários companheiros, circulou pelo cais e proximidades.

Num grande jardim, viram, pela primeira vez ao vivo, um pavão. O encantamento foi geral. Era período de acasalamento e as aves emitiram sons feito estampidos, o que assustou a todos. Depois, um deles abriu a cauda em grande leque e, circulando em torno da fêmea, iniciou a dança nupcial.

Puderam apreciar os detalhes das penas, suas cores fascinantes, a delicada franja arrematando a parte inferior do leque, a fileira de fortes penas em tons bege e marrom que sustentam de pé a longa cauda e a suavíssima plumagem que os arremata, contornando a traseira do corpo.

Acharam, também, muito interessantes, algumas mulheres que faziam suas refeições de forma inusitada. Com uma gamela no colo contendo o alimento, sentadas no chão, faziam pequenas bolinhas e as arremessavam com o polegar para dentro da boca, com invejável destreza.

Quantas outras novidades ainda encontrariam pela frente? Era um mundo novo e tudo eram novidades.

O navio seguiu, contornando o sul da África, e atracou no Rio de Janeiro. As pessoas saíram para passear.

Kaná, que, até então, somente vivera na ilha de Okinawa, viu, pela primeira vez, os manequins masculinos, nas vitrines e ficou encantada.

Mais um trecho de viagem e, finalmente, desembarcaram em Santos, no dia 5 de outubro de 1937. Antes, porém, avistaram do navio o imenso paredão verde da Mata Atlântica. Tanta beleza e fartura só os fazia imaginar um futuro promissor.

Embarcaram no trem da Estrada de Ferro São Paulo Railway e apreciaram, felizes, a mata virgem que, em outubro, exibia, além do esplendor do ipê-amarelo, outras flores que davam ânimo àqueles que, por tanto tempo, se viram privados do verde e das revoadas dos pássaros. Além de tantas flores, vez ou outra, viam quedas d'água, de onde surgiam suaves neblinas.

28

Ampla Casa do Imigrante já os aguardava, com uma refeição pronta. E todos puderam descer na plataforma contígua à hospedaria, pois a estrada de ferro dispunha de uma chave, colocando os vagões nos trilhos que os levavam diretamente para lá. Diferente dos primeiros imigrantes, estes não estavam tão iludidos quanto às facilidades para o enriquecimento.

Após duas horas, a refeição foi servida e todos receberam as explicações sobre o regulamento, além de vê-las afixadas nas paredes dos recintos, em 6 idiomas. Passaram pelo banho, em 31 banheiros com estufas, para desinfecção. Providos de água quente e fria, havia três compartimentos: um para despir-se, outro para se banhar e, por último, outro para vestir-se com a roupa já desinfetada na estufa.

Os dormitórios eram vastos e arejados, com instalações sanitárias anexas para uso noturno.

Eram espaços que comportavam 150 pessoas e havia oito desses. Os solteiros dormiam em ambientes separados e as camas eram de ferro pintado. No dia seguinte, receberam as vacinas, tiveram contato com o representante da Agência Oficial de Colonização e Trabalho e assinaram os contratos de trabalho. Todos os documentos foram checados, a bagagem inspecionada e receberam o cartão-rancho, para a alimentação, com direito a seis dias, estendendo-se em caso de doença.

Como das outras vezes, os funcionários da hospedaria ficaram admirados com os imigrantes japoneses, por não encontrarem pedacinhos de papel, fósforos queimados, pontas de cigarros, migalhas ou restos de comida no chão.

O cartão-rancho consistia de café e pão, às 7 horas; almoço, às 11 horas; jantar, às 16 horas; café e pão, novamente, às 19 horas. Leite, para as crianças fracas ou menores de três anos, e pão e salame, para a viagem.

Kaná e algumas amigas sentiram um cheiro estranho, vindo da grande cozinha. Era o cheiro do feijão cozido em grande quantidade e, naturalmente, desconheciam aquele alimento inusitado. Feijão, jamais haviam comido, arroz solto e temperado com gordura, tampouco, carne ensopada e pão, também não. Tudo era muito estranho, porém estavam cheias de boa vontade para compreender as coisas da nova vida.

Após os trâmites burocráticos e assinatura dos contratos, Kaná, Koichi e Uthumi, com os seus conterrâneos de Okinawa, rumaram para a Fazenda Aliança, Estação São Joaquim, na linha Sorocabana. Sabiam que tinham que cumprir os dois anos de trabalho na fazenda, conforme exigia o tratado de imigração, já há alguns anos. É evidente que foi um período de dolorosa adaptação, porém, nada comparável à dos primeiros imigrantes.

Os pioneiros iam ao encontro dos que chegavam depois, levando muitas orientações e qualquer resquício de consanguinidade entre seus ancestrais era o quanto bastava para se tratarem como parentes muito próximos.

A difícil caminhada era aplainada pelas inúmeras observações transmitidas pelos mais experientes, quer fossem parentes, ou não. Os dois anos de resignado trabalho na fazenda eram indispensáveis, uma época de transição para o futuro que se desenhava na cabeça do casal.

Arrendariam terras, depois comprariam as suas próprias, como muitos dos que chegaram antes vinham fazendo.

Os pequenos percalços do dia a dia eram difíceis de administrar. Sair ainda de madrugada de casa e, no inverno, cinco horas da manhã parecia noite fechada, com estrelas no céu. Caminhando entre capins ou grama alta, suas roupas ficavam molhadas pelo orvalho. Somava-se a esse desconforto, o receio de tropeçar com uma serpente ou outro bicho notívago. Para estar a essa hora no trabalho, era necessário acordar às quatro horas da manhã.

As panelas de comida acondicionadas nos sacos de trigo alvejados, pratos, talheres, canecas para água e café ou chá, levar água potável para

o dia todo. A água era indispensável, pois trabalhar ao sol, com esforço físico, acabava por desidratar muito o organismo. Os três tiveram que aprender a manejar com destreza a enxada, que não é tão fácil quanto parece. A Koichi competia adentrar o mato, escolher a fina árvore cuja madeira seria o ideal para encabar as enxadas, enxadões, pás, machados etc. Era preciso colhê-la, deixar secar para ficar mais leve, e colocar de maneira correta.

Lavar as roupas sujas do trabalho agrícola era uma tarefa penosa para Kaná e Uthumi, principalmente porque a água tinha que ser retirada de um profundo poço coletivo.

O sabão era feito em casa, e até aprender o ponto correto, foi também uma persistente tarefa. Aos domingos, era preciso cuidar da horta, fosse no replantio, nas regas – com água do poço –, ou na capinagem, refazer o cercado para que as galinhas não entrassem a bicar as verduras, vistoriar se o galinheiro estava bem fechado, para não serem surpreendidos por algum bicho do mato, como raposas ou gambás.

Dentro de casa, era preciso estar atento para a não proliferação de pulgas ou percevejos, e as camas precisavam receber coberturas de telas para evitar pernilongos.

Para trabalhar na roça, mesmo com o calor, tinha-se de usar mangas longas, para não raspar os braços em galhos, assim como se proteger dos insetos. Era importante não ter ferimentos abertos, pois poderiam ser depositários dos ovos da linda mosca verde-azulada, que ostentava brilho metálico. O homem, assim como qualquer mamífero, poderia ser vítima de centenas de ovos, que rapidamente virariam larvas num só machucado. Às vezes, as pessoas eram hospedeiras de um berne na coxa ou nas costas, partes cobertas onde a mosca não poderia picar, mas a larva do berne podia ser transportada por outro inseto qualquer.

Quando, na lavoura, as ervas daninhas, os picões e carrapichos amadureciam, era despendido algum tempo, à noite, para retirá-los das roupas. Os picões ainda se podia retirar mais facilmente, raspando com uma faca, mas os carrapichos, com suas múltiplas garrinhas em círculo, eram o que havia de desanimador. Além de grudarem fortemente na roupa, ainda se grudavam uns aos outros, formando um estranho drapê no tecido.

Este novo país apresentava múltiplas novidades, às quais era preciso se adaptar o mais resignadamente possível, para não travar uma luta interna e sofrer desgaste infrutífero.

Preparar o *ofuro*[12] – banho de imersão – era outro ritual desgastante, pois centenas de litros de água eram transportados em baldes. Partir a lenha para fazer o fogo, tanto para cozinhar quanto para aquecer o *ofuro*, era um trabalho e tanto. Era preciso, também, ser previdente e estocar lenha em locais protegidos, para que não umedecesse, em eventuais dias chuvosos.

Era necessária tremenda logística sobreviver, em meio a tantas dificuldades.

Enquanto o tempo ia vencendo, eles articulavam com alguns pioneiros o local para onde deveriam seguir, quando vencesse o contrato.

Aconselhados por amigos experientes, Kaná, Koichi e Uthumi foram para Cândido Rodrigues, próximo a Araraquara. Arrendaram um espaço de cinco alqueires, para plantar algodão. Um dos pioneiros comprou as sementes, pois Koichi ainda não saberia fazê-lo, porque não falava o português. Tudo foi plantado com a técnica dos tempos primitivos, longe dos equipamentos desenvolvidos posteriormente.

A terra era afofada com uma lâmina curva – arado –, puxado por um cavalo. As sementes colocadas, cova por cova, por um equipamento manual.

Como a máquina não tinha uma boa precisão e como também algumas sementes não germinavam, depois que as plantinhas chegavam a uns cinco centímetros era necessário correr por todas as covas e promover a rareação, arrancando as mudas mais fracas. Três plantinhas por cova era o ideal, para que elas pudessem se desenvolver melhor.

Manter as ruelas sempre capinadas, sem mato para concorrer com elas, era primordial, mas requeria dedicação permanente. Quando se chegava ao final da plantação com este cuidado, já era hora de retornar para o início. Era necessário atender às infestações das pragas, como pulgões, ataque ao exército de saúvas etc. Os três se empenhavam nesta árdua tarefa.

Mas o primeiro ano foi de muita seca e, portanto, a colheita não foi tão boa quanto era esperado.

---

12 Pronuncia-se ofurô

29

*T*uchiby[13] é uma festa de aniversário comemorado pelos japoneses de doze em doze anos, de acordo com o signo chinês. Como contabilizam também o período de gravidez, o primeiro *tuchiby* de um cidadão é celebrado como tendo treze anos.

Aliás, são utilizadas duas formas de contagem, para falar da idade de alguém: *kasue* é a idade acrescida do tempo intrauterino e *man* é a idade após o nascimento. Esse é um hábito que existe, desde tempos imemoriais.

Pelas circunstâncias das épocas mais antigas, eram poucas as pessoas que chegavam à idade avançada. Então, os *tuchiby* de 61, 73 e 85 anos eram grandemente festejados. Eram acontecimentos muito importantes e respeitados e amigos se deslocavam de longe para festejar com o aniversariante. Aproveitavam para ficar mais dois ou três dias entre os amigos e colocavam todas as notícias em dia.

Os que moravam próximo, faziam parte do mutirão para a elaboração da festa. Aos homens competia levantar os toldos, para construir um salão e às mulheres, a preparação das iguarias.

Todos consideravam muito aqueles que vinham de longe, pois sabiam quanto trabalho importante deixavam de executar, junto a seus familiares, para estar prestigiando o evento.

---

13 Pronuncia-se tuchibí

Como presente para a família do aniversariante, cada um dos convidados trazia um envelope com estampa característica para dias festivos e nele colocava um valor em dinheiro, para ajudar nas despesas da comemoração.

E a família retribuía com presentes, em geral, objetos trabalhados em laca vermelha, com alguma estampa nipônica e o nome do aniversariante escrito por um bom calígrafo, com ideogramas feitos a pincel e com tinta preta.

Após a festa, os vizinhos idosos se juntavam aos visitantes de fora e ficavam horas infindáveis em alegres confraternizações, relembrando vários episódios, tanto ocorridos em Okinawa quanto no Brasil.

Enquanto isso, as mulheres abasteciam a mesa com guloseimas, salgadas e doces, e cada um se servia a seu gosto. Na hora do almoço e do jantar, precedidos do tradicional *misso-shiro* – um caldo feito com massa de soja e arroz fermentados – ou outra sopa com caldo de galinha ou suíno, as mulheres ofereciam o que de melhor sabiam fazer.

Do lado de fora, os mais jovens desmontavam as longas mesas organizadas em forma de U, com as laterais bem longas, para acomodar toda a comunidade da colônia *Okinawana*. Era hábito as mulheres ficarem de um lado da mesa, sentadas frente a frente, e os homens do outro lado. O homenageado, com seu cônjuge e os mais importantes pela escala de idade ficavam na cabeceira.

Em cada início de festa, o discurso de três ou quatro senhores era de extrema importância. Antes de degustar as dezenas de iguarias da longa mesa, dispostas de forma que todos pudessem ter acesso com facilidade, os comensais enchiam seus copos e, de pé, em uníssono, brindavam três vezes dizendo: — *Banzai, Banzai, Banzai* – palavra que pode ser interpretada como vivas de triunfo, entusiasmo e saudação ao Imperador.

Logo depois, alguém se apossava de um *sanshin* – ou *samisen* – e começava a tocar. A música enchia o ar, os cantos preenchiam todos os ambientes. Outras pessoas mais se animavam e, geralmente, as mulheres começavam a dançar, fazendo prevalecer os movimentos manuais característicos, coordenados com as posições dos pés.

A conversa em torno da mesa principal não só era uma forma de passar o tempo, como também de transmitir as experiências pessoais na agricultura ou outros empreendimentos, ou ainda de falar dos *inkashi-kutuba* (palavras e ensinamentos antigos), a sabedoria *transmitida através dos séculos pelos okinawanos*.

Em conversas assim é que Oshiro-San, que participou da primeira imigração em 1908, contou algumas experiências que Koichi e Kaná e todos os outros ouviram atentamente:

— As divisões das famílias para as respectivas fazendas já estavam determinadas e estávamos na iminência de partir, mas não conseguíamos solucionar um problema crucial. O desespero perpassava entre todos, pois não conseguiam abordar, frente a frente, os responsáveis da Companhia de Emigração Imperial, para a devolução do nosso dinheiro depositado no cofre do navio. O presidente da Companhia de Emigração foi grosseiro com o nosso líder *okinawano* e se refugiou num escritório. Quase houve um motim, e com justiça, pois não poderíamos começar uma vida, em terras estranhas, absolutamente sem dinheiro – e um dinheiro que havíamos amealhado vendendo todos os nossos bens em Okinawa. Vendo a gravidade do problema, o representante da companhia, Shuhei Uetsuka, homem de muita dignidade, tentava inutilmente justificar o que era injustificável. Quando seus argumentos não convenciam mais, ajoelhou-se diante do nosso líder, expôs a sua nuca e colocou-se à disposição para a morte. Mas é claro que aquela não era a solução. Sabíamos disso e, então, acabamos por nos resignar e partimos sem receber o nosso dinheiro.

Oshiro-San, suspirou profundamente, e continuou:

— A companhia não era uma empresa solidamente constituída, trazendo problemas desde antes de zarparmos do Japão. Diante de tal problema, sem dinheiro e em terras estranhas, sentimos um soco desferido em nossos peitos. Atônitos, não conseguíamos suportar tal engodo. Nem sabíamos que era uma empresa que estava responsável por todo aquele trâmite. Pensávamos que tudo era administrado pelo governo. Mas a vida tinha que seguir seu curso e, com dignidade, mas absolutamente impotentes e inconformados, nós, *okinawanos*, fomos divididos em dois grupos. Um deles, com vinte e três famílias, foi conduzido para Itu e, nós, para a Fazenda Canaã, na linha Mogiana. O trem era puxado por locomotiva movida a vapor, consumindo grande quantidade de lenha. Os que haviam partido antes do dia clarear, podiam ver bailar no ar as fagulhas, feito pequeninos meteoritos, sendo lançados pela chaminé de ferro.

Tome-San tomou, então, a palavra e disse:

— Antes de sairmos da hospedaria, recebemos alguns salames e não sabíamos o que fazer com aquela coisa tão malcheirosa e de sabor meio ácido. De lanche, recebemos também sanduíche de salame, prensado num pedaço de pão gordo, massudo e de casca grossa. O pão era demasiado seco e de gosto insípido, para o nosso paladar. Quando o trem parou na estação, tinha muita gente curiosa. Uma pessoa me exibiu um dinheiro, apontando para um lenço que estava com minha esposa e entendemos que desejava comprá-lo. Todos começaram a demonstrar, através de mímicas, que estavam interessados em comprar qualquer coisa. Nas estações seguintes, todos já vendiam os salames, além de lenços de seda, leques, bonés etc., aumentando o nosso entusiasmo, pois estávamos vendendo bem tudo o que tínhamos à mão. Parece que isso até amenizou um pouco a preocupação que trazíamos por termos perdido nosso dinheiro com a companhia de emigração. Que facilidade era vender as coisas. A princípio, não sabíamos o valor do dinheiro, mas logo percebemos que muitas das coisas tinham sido vendidas até por três vezes o valor pago em Okinawa. Se era tão fácil ganhar dinheiro em viagem, imaginávamos as maravilhas que poderíamos encontrar nas fazendas.

O intelectual Kenhithi, que estava nos festejos, ouvia tudo com muito interesse.

A esposa de Oshiro-San tomou a palavra e continuou contando coisas, porque sentiu o quanto as mulheres estavam interessadas nos assuntos relacionados a elas:

— Na volta da roça, trazíamos no ombro os galhos secos ou pequenas toras que encontrávamos. Depois de partidas as lenhas, estocávamos numa abertura que havia sob o fogão, introduzindo as lenhas pela lateral. Num dos lados, estocávamos os gravetos, com os quais iniciávamos o fogo. Até dominarmos a arte de fazer fogo com esse tipo de lenha e fogão, demoramos algum tempo. Vocês, que vieram recentemente, também devem ter levado algum tempo para se acostumar, não?

— É verdade, disse Kaná. Em Uthina – os *okinawanos* continuavam chamando a ilha pelo seu antigo nome –, utilizávamos as pinhas dos pinos ou a palha seca da cana, que incendeiam muito facilmente. Aqui, as lenhas são mais duras.

— Sim... Ao sairmos às cinco da manhã, como vocês estão fazendo agora, já deixávamos o caldeirão com o feijão e grosso pedaço de lenha no fogão e, à noite, quando chegávamos, pelo menos o feijão já estava cozido, faltando apenas temperar. Temperar a comida à moda brasileira também custamos muito a aprender, pois a barreira linguística, a timidez e a absoluta falta de tempo não permitiram, logo no início, a nossa aproximação com as mulheres brasileiras, para receber as instruções. Mas, aos poucos, começamos a conhecer os hábitos deste país e, à medida que uma de nós aprendia algo já passava para as outras. Vocês tiveram a ventura de ser recebidas por pessoas já experientes nesta terra, que as orientam.

— Sem dúvida! Quanto somos agradecidas às que nos antecederam e nos repassaram seus conhecimentos, retirando de nossos caminhos tantos percalços! – comentou Kaná, meneando a cabeça, externando sincero reconhecimento.

— Essas são trocas preciosas e recíprocas – acrescentou a Sra. Oshiro.

Oshiro-San, de voz pausada, voltou a falar:

— Quando nos foram distribuídas as casas que, vistas do trem, caiadas de branco e enfileiradas, pareciam-nos simpáticas, ficamos assustados com a situação interna delas. Mas era importante não fraquejar, e aceitamos mais aquele desafio. Mal dormimos naquela noite, por ansiedade e pelas picadas de milhares de pulgas existentes nas palhas estendidas no chão, que nos deram como cama. Às quatro da manhã, acordamos ao som do sino; às cinco, saímos de casa e, após uma hora de caminhada, estávamos diante de nossos postos de trabalho. Nós, os homens, transportávamos as escadas tripé e água para bebermos durante todo o dia. As mulheres aprenderam a transportar os alimentos nas panelas e, quem tinha criança, levava-as amarradas às costas. Com uma longa tira, com cerca de trinta centímetros de largura e quase três metros de comprimento, elas dominavam uma boa técnica de manter as crianças nas costas, como uma mochila. Decorridos mais de setenta dias desde que havíamos saído do Japão, estávamos todos ávidos para, finalmente, iniciar nossos trabalhos, junto às árvores dos frutos de ouro. Era inverno e as manhãs ainda bem frias. Os que receberam áreas próximas aos rios, sentiram mais que nós a neblina matinal e imediatamente perceberam que as folhas molhadas dos cafezais ensopavam suas roupas, pois era necessário mergulhar os braços dentro das galhadas, para, então, vir puxando os bagos de café presos em cachos. Não era fácil o aprendizado. Na nossa fazenda, estendia-se um tecido grosso sob as árvores, para reunir mais facilmente os grãos. E esses panos também logo ficavam pesados e ensopados pelo orvalho.

E, com ar melancólico, continuou Oshiro-San:

— As colonas europeias manejavam bem as peneiras e era necessário treinar as nossas mulheres também para essa tarefa. Abanar o café exige técnica e domínio do movimento, conquistado à custa de muito treino. Em poucas horas de trabalho, elas ficaram com seus rostos cobertos de pó, podendo exibir somente os seus olhos. Daí para frente, eram essas as imagens de nossas mulheres. No período da tarde, as bolhas começaram a aparecer nas mãos, pelo atrito com a borda da peneira, e os músculos dos braços doíam assustadoramente. Após as primeiras horas de trabalho, nas manhãs de inverno, o fiscal mandava preparar uma fogueira para, ao redor dela, secarmos um pouco as roupas molhadas. Entre uma coisa e outra, nos púnhamos a observar o fiscal que dava as instruções e que sempre estaria conosco, dando andamento ao trabalho. Ele era de admirável estatura, com um calçado não usual no Japão, as polainas. Mantinha em sua mão o chicote e tinha sempre consigo uma podadeira – um cabo de madeira não muito longo, tendo em sua extremidade uma lâmina curva, que era útil para cortar galhos e abrir picadas. Era de boa serventia, mas nos parecia agressivo e acintoso.

A senhora Oshiro seguiu, chamando para si a fala e dirigindo-se às mulheres:

— Às dez horas, ouvia-se ao longe o sino tocar na sede da fazenda, anunciando a hora do almoço. Era hora de parar e abastecer o organismo, para continuar tão árdua tarefa. Mas comer também estava se tornando difícil, pois não estávamos sabendo cozinhar aquele tipo de

arroz brasileiro. Nossos pratos eram fundos, esmaltados de branco com borda azul-piscina, e o único talher disponível era a colher. E tinha mesmo que ser colher, para levar à boca aquele estranho arroz, desagregado, com estranho odor de banha e cozido com sal. De repente, um ou outro dentre nós parava de mastigar, tentando lembrar de olhos fechados o sabor daquele arroz da nossa terra que, como nenhum outro, nos transmitia energia restauradora. Esse *goham* – arroz japonês – de que hoje dispomos, com seu sabor adocicado e suave textura, que desce para o estômago espargindo bênçãos é nossa conquista recente. Fumegante ou frio, ele é sempre bom. Mas até obtermos este arroz, levou-se muito tempo e sofremos muito. Enquanto trabalhávamos, começamos a questionar sobre aqueles grãos cinzentos de café, como que carbonizados, que estávamos colhendo. Perguntamos para nossos maridos sobre os frutos vermelhos e brilhantes, que foram tão propagados no Japão.

— No final do dia, interveio Oshiro-San, perguntamos ao intérprete por que os frutos eram negros, em vez dos vermelhos brilhantes que nos mostraram. E ele explicou que era porque tínhamos chegado atrasados para a colheita. A primeira colheita já havia ocorrido e, em decorrência do atraso do navio ao zarpar do Japão, não havíamos chegado em tempo. Foi uma consternação total. No final do dia de trabalho, chegou a hora de medir, em litros, a produção de cada família, para serem anotados no apontamento do fiscal. A produção de cada família tinha sido abaixo da quantidade esperada. Perguntando novamente ao intérprete, por que era tão baixa a produtividade, ele explicou que, além da nossa falta de prática, os grãos também já estavam desidratados, formando pouco volume na hora da medição. Estarrecidos até a última fibra de nossas almas, nos pusemos a converter em *yen* – a moeda japonesa – a colheita do primeiro dia de trabalho. A obra de uma família mal alcançava 60 centésimos de *yen*, quando, na propaganda de recrutamento, a estimativa era de cinco ienes e 40 centésimos.

Mesmo passado décadas, parecia ser doloroso relembrar, pois, em voz pausada, ele continuou:

— No mesmo instante ficamos sobressaltados, pois apenas a compra no armazém da fazenda, feita ao chegarmos, somara o equivalente ao salário de uma família por três meses, dentro daquela perspectiva de colheita. Nossos passos que avançaram resolutos pela manhã, mostrando que ninguém queria ficar para trás, retornaram batendo forte no solo, carregados de revolta e extremo desespero. As mulheres também não tinham ânimo para nos soerguer. Elas próprias estavam desoladas com o problema da alimentação, pois viam que todos estávamos desgostosos.

Tome-San acrescentou:

— Aturdidos, fazíamos e refazíamos os cálculos, e quem tinha se endividado, como eu, via claramente que tão cedo não poderia enviar dinheiro para saldar sua dívida no Japão. Nossas mentes não paravam de girar, no turbilhão de decepções e cálculos malfadados. A Companhia de Emigração, em sua propaganda, dizia que em cinco anos poderíamos retornar ricos, mas os nossos cálculos mostravam que levaríamos mais de cem anos para conseguir algo próximo a isso. Nem mesmo o saquê, para entorpecer o nosso raciocínio sem tréguas, nós tínhamos. Então, alguém experimentou a aguardente de cana, com água e açúcar e, assim, começamos a nos acostumar com essa bebida. Depois de alguns goles, parecia que a mente se aquietava um pouco. A água tinha que ser economizada à noite, pois o poço não ficava perto e o caminho tinha que ser iluminado à luz de lamparina. Ninguém se sentia em condições, depois de um dia tão extenuante, de ficar baldeando muita água. As casas não dispunham de latrinas e tinha-se que ir ao mato, com lamparina de querosene, para atender as necessidades fisiológicas. Não estávamos acostumados a viver com coisas rústicas a este nível e, para agravar a situação, ainda vinha a ideia de que alguma cobra, rato ou outro bicho noturno poderiam nos atacar. Até as mais urgentes necessidades acabavam por se refrear, diante de tal temor.

Mais uma vez, a senhora Oshiro interveio:

— Na primeira noite, depois de um dia de trabalho tão estranho e pouco produtivo, a cabeça estava compacta de ideias atordoadas e o corpo cansado. Estendemos os lençóis sobre as palhas e depois o acolchoado trazido do Japão. Quando nos estiramos para dormir mal podíamos respirar, pois as dores na coluna e em todos os músculos era algo indescritível. As palmas das mãos ardiam e latejavam, pois puxando os frutos dos galhos irregulares e com pequenas protuberâncias elas ficavam em permanente atrito e foram-se criando muitas bolhas d'água. Além do mais, o corpo, por tanto tempo inativo durante a espera da viagem em Kobe, os longos dias passados no navio e durante a estadia na casa do imigrante, já estava desabituado ao esforço físico. Mas era necessário repousar, pois às quatro horas o sino estaria despertando a todos. As pulgas puderam agir mais livremente, pois tínhamos outros problemas infinitamente maiores, mas a nossa filha caçula não parava de chorar e de se coçar, ficando com vergões vermelhos em todo o corpo.

Essas notícias suscitaram apavorados comentários entre os imigrantes recém-vindos, e concluíram que as vicissitudes que estavam enfrentando nem deveriam ser mencionadas, diante de tantos infortúnios que acabavam de ouvir.

Tome-San lembrou:

— No primeiro final de semana, com a presença do intérprete, traçamos algumas estratégias de sobrevivência. Precisaríamos construir camas, colchões, latrinas, hortas e encontrar uma forma de tomar um banho revitalizador. Eram condições mínimas de sobrevivência, embora para o fazendeiro e seus auxiliares diretos, os imigrantes japoneses que estavam chegando, em caráter experimental, não passassem de escravos remunerados mensalmente, em vez de comprados, como os que vieram da África. E, ademais, achavam que os que precisavam trabalhar para sua própria sobrevivência não passavam de seres inferiores. Cada uma de nossas famílias comprou algumas galinhas que, até se acostumarem ao seu novo território, tinham que ficar presas numa caixa, dentro de casa, por uns dias. À moda dos brasileiros, nós também apoiamos, de forma inclinada numa das paredes externas da casa, alguns galhos secos e amarramos outros na horizontal, fazendo um poleiro. Até que se acostumassem, amarrávamos à noite os pezinhos das galinhas ao poleiro, soltando-os antes de irmos para a roça. Percebemos, lamentavelmente, que era urgente fazermos galinheiros cercados e cobertos de sapé, pois facilmente elas eram transferidas de endereço, caindo nas panelas dos colonos antigos. Mas, onde encontrar sapé, para fazer um galinheiro coberto? Como o intérprete poderia verbalizar todas as nossas necessidades, como descobrir os nomes de tantas coisas, até banais, que todos necessitávamos? Percebemos, então, que o cotidiano de cada um é envolto num universo de pequeninas coisas, as quais não percebemos quando estamos num ambiente conhecido e que, em terras estranhas, acabam se transformando em dificuldades quase insuportáveis. Percebemos que a barreira linguística era algo quase intransponível e que a diferença tão gritante de hábitos era uma grande provação espiritual.

E, Tome-San acrescentou melancólico:

— Quando alguém adoecia e o farmacêutico da fazenda, com seus parcos conhecimentos e escassos recursos, procurava diagnosticar e medicar, o problema era mais explicado por mímicas do que com palavras. E quando era uma criança a adoecer, ficava ainda pior. Com a diferença de clima e de hábitos e com a deficiência alimentar, principalmente a falta de proteínas do peixe, que tanto consumíamos em nossa terra, as doenças começaram a aparecer com mais frequência. As mulheres, sabedoras de que a base de sustentação do organismo estava na alimentação e higiene, procuravam de todas as formas enriquecer um pouco mais o cardápio. Como o preço de tudo que se comprava no armazém da fazenda era absurdo, era preciso administrar muito bem a economia doméstica. Os armazéns, em geral, eram administrados por parentes dos fazendeiros e havia aqueles que tinham a audácia de elevar em 100% o preço, em relação ao armazém da fazenda vizinha, que já vendia os seus produtos com lucros. Para economizar um pouco no arroz, as mulheres ralavam mandioca e acresciam antes do cozimento, ou colocavam batata-doce. Fazia-se também uma espécie de risoto, com as folhas da batata-doce. Melhor seria, é claro, se fosse temperado com sardinha desidratada e triturada, ou com pó do peixe-bonito, e ainda acrescido de pasta de soja. Mas, tudo ficava inserido apenas no sabor da saudade e no firme propósito de, em breve, conseguirmos ter tudo aquilo disponível novamente.

30

Nos encontros festivos de finais de semana, as mulheres ficavam na cozinha, atentas para repor os pratos mais consumidos pelos comensais, enquanto estes alongavam as conversas. Mas elas sempre estavam atentas às conversas, pois era sempre um aprendizado, ouvir as experiências vividas pelos mais velhos. Cabia também às mulheres preparar o *ofuro* – habitual banho de imersão, muito restaurador –, para os visitantes, assim como as acomodações improvisadas com colchões avulsos, caso faltassem camas.

Quando o grupo de outras cidades era grande, outros vizinhos os hospedavam. Cediam, geralmente, os quartos dos jovens e estes é que iam para os colchões improvisados. A arte de bem receber era uma tradição *okinawana*. *Mensore*[14] – seja muito bem-vindo – era uma palavra levada muito a sério, sempre dita curvando-se a cabeça, em reverência.

Na mesa dos mais experientes, a conversa seguia ininterrupta. Shimabukuro-San, que até então pouco tinha se expressado, lembrou:

— Aos sábados, trabalhávamos meio expediente na fazenda. Já havíamos determinado, juntamente com o fiscal e o intérprete, um local para implantar a latrina, o banheiro com *ofuro*, a horta, o galinheiro e, depois, o chiqueiro.

O mais urgente era fazer uma privada. Para isso, compraríamos tábuas, na própria fazenda. No início, faríamos sem cobertura, pois havia

---

14 Pronuncia-se mênsoree

coisas mais prementes a resolver. O maior problema estava no banho. Trocando ideias, concluímos que o mais viável, de início, era dividir a cozinha, destinando um pedacinho dela para isso. Não podíamos fazer uma parede interna; então, compramos sacos do armazém e as mulheres os emendaram manualmente, com as agulhas e fios que trouxemos, e foi feita uma cortina em L, fechando umas das quinas da cozinha. Fizemos uma forração de madeira e, sobre ela, colocamos o estrado do banho. Felizmente, todas as famílias tinham se lembrado de trazer esfregão de corpo, a nossa tradicional estreita e longa toalha de algodão de trama rala. Se alguém quisesse contar com algo parecido por aqui estaria em dificuldades.

— Nosso objetivo, continuou Shimabukuro-San, era ter uma tina ou qualquer outro substituto do *ofuro*, no qual pudéssemos fazer a imersão do corpo em água. Após as primeiras pesquisas, concluímos que o mais viável seria comprar tambores e mandar cortá-los na altura ideal para um adulto permanecer dentro dele, sentado sobre um baixo banquinho de madeira, com água cobrindo até o ombro. Idealizado tudo isso, sempre caíamos no mesmo ponto crucial. Qualquer coisa que fizéssemos, sempre acabava incorrendo no grande problema de aumentar a dívida no armazém da fazenda. Mas, era pura questão de sobrevivência e era necessário encarar mais este desafio. Naquela época, alguns dos nossos conterrâneos ainda estavam exaltados e não escondiam sua indignação com a Companhia de Emigração. Não sabiam o que era mais revoltante: o sequestro do dinheiro depositado nos cofres do navio, ou o engodo sobre as árvores dos frutos de ouro, que tão poucos frutos apresentavam. Duplamente enganados com tamanha gravidade, esbravejavam que isso não era concebível. Aquela exaltação, embora plenamente cheia de razão, poderia facilmente exacerbar negativamente o ânimo do grupo e tornar as coisas mais difíceis do que já eram. Felizmente, Uehara-San, um dos mais velhos e mais respeitados do grupo, tomou a palavra com altivez, disse: "A questão do dinheiro, realmente, é imperdoável. Concordo com todos. Mas quanto à produção do café, talvez eles não tenham errado tanto, pois todos estão dizendo que este foi um ano excepcionalmente ruim na produção. Contudo, no ano em que os idealizadores da emigração estiveram

Kaná

vistoriando, as fazendas todas estavam em franca produção e eles, tendo estado aqui num período de plena colheita, acredito mesmo que tenham ficado bem impressionados com a quantidade e a cor vermelha dos frutos. Nós tivemos a desventura de chegar após a primeira colheita, tendo ficado para nós o restolho, com o que pouco pudemos fazer. A situação que nos rodeia é irreversível; então, não vejo alternativa a não ser considerar toda essa conjuntura como um duro adestramento de nossa gente. Temos que, de alguma forma, procurar conquistar o equilíbrio interior, sem o qual podemos desestruturar as nossas famílias, a razão central que nos levou a procurar horizontes mais promissores. Temos sido enganados e tripudiados pelos homens, mas existe algo bem maior e inalterável na sua essência, que é a grande natureza. Consideremos a pujança do verde deste país, a grande extensão de terra, as altaneiras palmeiras imperiais que rodeiam as casas da sede, as frondosas mangueiras que lá estão, as extraordinárias paineiras. Essas são, sim, as vozes da terra a nos dizer 'eu posso abrigar a todos vocês'. Tudo demonstra que o país é pródigo e haveremos de aprender a fala, sobreviver com dignidade e voltar a sonhar. E então venceremos, da mesma forma como sempre vencemos em nosso país."

— Sem dúvida – retomou Shimabukuro-San, visivelmente emocionado –, foi um cântico de alento para nossas almas, naquele momento tão doloroso e revoltante, ouvir um homem ponderado, que soube continuar a enxergar um futuro promissor, mesmo quando, coletivamente, estávamos ficando estressados com tanta batalha insana. Nossas conversas em geral eram nas noites de sábado, quando o sino da fazenda não dava o toque de recolher e podíamos conversar às soltas. Nossos corações estavam necessitando daquela união.

Para tornar o ambiente mais leve, cada qual começou a contar algum fato pitoresco de sua vida ou do local de onde veio. E isso era, para todos, atraente e divertido.

As mulheres serviram feijão cozido com açúcar e arroz sem tempero, ao qual os homens gostavam de acrescer chá verde, para torná-lo mais molhado. O bacalhau que estivera de molho era colocado sobre a chapa de ferro do fogão e se tornava um agradável petisco. O café, agora um pouco mais forte, ajudava a animar e o aguardente de cana com água morna e um pouco de açúcar ajudavam a lembrar um pouco do nosso *saquê* – aguardente feito com arroz.

Era necessário esvaziar a mente, relaxar um pouco. E aquelas reuniões ajudavam, muito naqueles tempos de provações extremas.

No clima de confraternização, Oshiro-San era o mais extrovertido. E continuou contando:

— De imediato, só pudemos fazer a horta, pois para isso não necessitávamos de material especial. Fizemos pequenos canteiros, porque teriam que ser absolutamente fechados. Era hábito dos colonos antigos criar porcos e galinha às soltas. Portanto, a cerca teria que ser resistente o suficiente para suportar as focinhadas dos porcos e ter as frestas estreitas para que as aves não penetrassem para ciscar as semeaduras. Juntamos, nas imediações, os paus mais ou menos retos, com os quais pudéssemos levantar uma cerca com certa resistência. Não foi um trabalho fácil, porque o chão estava duro e seco, uma vez que, no inverno, com a estiagem, o solo enrijecera. Além disso, por ser um local próximo à moradia, e por muito tempo sem trato, era uma terra muito compactada, sem aquela camada de húmus tão necessária a uma horta. Trazíamos, nas costas, terra em sacos. Havíamos encontrado num ponto da fazenda uma terra mais rica e, com ela, preparamos os canteiros para a semeadura. Fizemos também um pequeno buraco num dos cantos da horta, para nele depositarmos cascas, como as da mandioca, da batata, do ovo, pó de café etc., para depois cobrirmos com leve camada de terra, a fim de evitar moscas. Quando cheio o primeiro buraco, abríamos outro. Reabriríamos os antigos, meses depois, quando os detritos, então já decompostos, haviam se transformado em uma importante fonte de matéria orgânica, para manter a umidade e a nutrição dos vegetais que ali seriam plantados. Os brasileiros não tiravam os olhos dos nossos movimentos e ficamos admirados pela passividade deles. Uns permaneciam sentados nas soleiras das portas, outros, de cócoras no quintal, apenas observando. As crianças se aproximavam mais.

— Com o decorrer das semanas, falou a senhora Uehara, alguns progressos iam acontecendo, mas as mulheres que não tinham aceitado totalmente a ideia de emigrar, enquanto ainda estavam no Japão, se puseram a culpar os maridos por tanta insanidade. Todos estavam exaustos, tanto na mente quanto no físico, pois, por mais que calculassem e recalculassem, não viam saída para amortizar rapidamente as dívidas assumidas. Depois das malfadadas colheitas, tivemos que recolocar sob os cafezais as terras que eram retiradas antes de se colher o café. Durante a colheita, sob as árvores, não pode haver sujeira, o chão tem que estar limpo e raspado. Mas depois, era preciso o retorno da terra com os detritos, para manter a umidade do solo e também acrescentar nutrientes, para promover boa produção, no ano seguinte. Eu não fazia de bom grado aquele trabalho, pois me sentia traída por aqueles cafezais, que tão pouco nos deram e tantas dores físicas e morais nos causaram. Terminada essa função, era hora da cultura intercalada. Plantávamos, como hoje fazem vocês, o feijão e o milho. Enquanto nossas hortas não estavam prontas, aproveitávamos as vagens tenras do feijão comum, como verdura. Até conhecermos os caprichos do clima deste país, foi necessário um bom tempo. Plantamos na primavera e pegamos chuva intensa na hora da colheita, a ponto de apodrecerem os grãos dos feijões. Tudo era muito complexo para a nossa adaptação.

Uehara-San acrescentou, dizendo que pediram aos donos das fazendas alguma terra ociosa:

— Para plantarmos nosso próprio arroz, com as sementes trazidas de Uthina. Se pudéssemos comer arroz com um pouco mais de fartura, com certeza, sentiríamos ser a vida menos dura. Cederam-nos as várzeas desprezadas, por serem demasiado encharcadas. Aos domingos, em mutirão, começamos a cavar valetas para drenar o solo encharcado. Muitas delas tinham que ser largas e fundas, com cerca de 1,30m de largura por 1m de profundidade. Executar essa tarefa manualmente, num solo pesado pela água nele contida, exigia realmente muito mais do que esforço físico. Por isso, nesse trabalho coletivo, preocupávamo-nos em estimular constantemente uns aos outros. Os brasileiros e os descendentes de italianos estavam cada vez mais perplexos, com tanta loucura que parecíamos apresentar. Eles, de calças curtas e descalços, animados, iam jogar bocha, pescar, caçar aves selvagens, com armas de chumbo ou espingardas, com tubo de pólvora. Enquanto isso, nós só trabalhávamos.

— Depois de fazer os rasgos na várzea – continuou Uehara-San, – através das valetas bem traçadas, de acordo com a topografia e as nascentes das águas, foi necessário promover a capina, para retirar as vegetações duras, características de banhados. Para capinar em solo sem nenhum plantio, aprendemos a usar uma enxada maior. Tivemos que aprender a fazer a colocação do cabo na enxada de forma correta. Isso exigia técnica e não sabíamos como fazer. Era preciso escolher um galho de árvore adequado para tal, e isso exigia conhecimento. Fazer a capina utilizando a enxada dos dois lados, alternadamente, era importante para não deixar a ferramenta mais gasta de um só lado. Limar adequadamente para manter o seu gume sempre cortante, ter sempre à mão uma lâmina para remover a terra de banhado que na enxada aderia... Tudo isso pode parecer banal quando se vê alguém com prática manejando qualquer instrumento, mas até que conseguíssemos tal destreza foi necessário treinamento, persistência e muita dor nos músculos. Conquistar habilidade em cada situação era um desafio estimulante, apesar de a terra não ser nossa. Aos sábados à tarde, domingos e feriados, nos sentíamos gratificados por ter esse espaço de plantio, pois poderíamos fazer algo muito importante para nós mesmos, sem necessidade de pagar aluguel. No Japão, com a exiguidade do solo, qualquer área seria alugada. É evidente que lá a terra já estaria pronta para o plantio; – aqui, ela ainda tinha que ser desbravada. Após essas etapas todas, chegou a emocionante hora de deitar ao solo as sementes. Era importante reforçar as cercas e vistoriá-las sempre, para evitar a invasão do gado ou cavalos, mas isso era um trabalho fácil, se comparado aos demais. Pouca coisa há no mundo de tão mágico, tão emocionante quanto ver um pontinho verde romper o solo e, diariamente, expor um pedaço de si mesmo ao sol, ao mundo, abrindo seus braços inocentes e confiantes para a vida.

Emocionado, continuou Uehara-San:

— As sementes de arroz haviam rompido o solo escuro e galhardamente começavam a pintá-lo de verde. A cada dia, o tom do verde se intensificava e os nossos corações, em júbilo, glorificavam tamanha bênção e tanta magia da natureza. A vida começava a seguir novo curso. Entretanto, continuávamos fazendo e refazendo nossos cálculos, para pagamento das dívidas. Alguns de nós ainda traziam a angústia do empréstimo contraído no Japão e se punham a somar a economia que tinham que fazer e as horas a mais que teriam que trabalhar.

A senhora Oshiro acrescentou, a seguir:

— As mulheres brasileiras, com os cabelos soltos sobre os ombros, suas blusas rendadas, saias coloridas e rodadas, iam visitar as amigas. Elas eram graciosas e quando usavam branco, suas vestes eram imaculadamente brancas, pois era hábito entre elas ensaboarem as roupas e colocarem para quarar na relva. E o calor do sol clareava maravilhosamente as peças brancas. Aliás, lavar roupas para elas passava a ser um lazer, pois reunidas e com folga de tempo, punham-se a conversar longamente. As nossas roupas não tinham colorido alegre. Eram sem graça, pois estávamos adaptando ao corte brasileiro os nossos quimonos. Mantínhamo-nos calçadas, mas como a incidência do bicho de pé era maior em quem se mantinha calçado, resolvemos tecer os chinelos de estilo nipônico, com as palhas de milho. Quem sabia fazê-lo, foi ensinando às outras. Às vezes, nos púnhamos a lembrar com nostalgia das primeiras sensações que tivéramos, na viagem de trem para a fazenda. Nossas almas se deleitaram, sorvendo profundamente a magnífica visão dos cafezais. O desejo era de registrar na retina de nossas almas aquele mar de plantas bem ordenadas. Era num desses mares que iríamos, em breve, mergulhar. Podíamos ver as estreitas linhas de terra vermelha, entre uma fila e outra dos pés de café, e uma estrada entre grupos maiores. Na realidade, eram lotes de dois a três mil pés, divididos por estradas, pelas quais transitavam os trabalhadores e se escoavam as colheitas. Vivíamos ainda aquela ilusão de que encontraríamos tantas oportunidades, o trampolim para o enriquecimento. Na realidade, encontramos muitas vicissitudes. Até a água para regar as nossas verduras tínhamos de trazer de longe. Certa vez, quando falávamos das nossas desventuras, nosso *odissan* – avô –, que era um pensador, observando a fumaça do lampião de querosene subir, nos disse: – "Como essa fumaça, nós também devemos manter nosso interior reto. E igual a ela, a certa altura, procuraremos nos expandir. Sim, deveremos nos manter eretos e então, daqui a algum tempo, teremos conhecimento acumulado que nos permitirá ampliar nossos movimentos, na conquista de um espaço digno".

A senhora Oshiro continuou, então:

— Víamos alguns progressos, vagarosamente. Para o descanso, o leito já não eram palhas no chão, e sim camas sobre tábuas da fazenda e colchões de palha de milho, finamente rasgada e acomodada em tecidos dos sacos de algodão cru, costurados a mão, no tamanho ideal para um colchão. Antes de cairmos em sono, apesar do cansaço, sempre nos lembrávamos dos patrícios doentes. Eles tinham que se restabelecer logo, pois, a cada dia que faltavam ao trabalho da capina das plantações intercalares nos cafezais eram substituídos por um trabalhador avulso, dos colonos antigos, designado pelo fiscal. E esse era mais bem remunerado e a despesa extra era acrescida à dívida dos doentes faltosos. Algumas horas de sono, mais uma vez o sino da fazenda chamava a todos. Era necessário avivar a mente e sacudir a alma, despertar o corpo ainda cansado e, buscando forças em algum lugar do infinito, enfrentar mais um dia de árduo trabalho, sob um sol causticante.

31

S himabukuro-San interveio na narrativa e apresentou mais uma contribuição à conversa:
— Soubemos de fazendas em que houve até mesmo levantes, devido à insatisfação com a forma como nossos patrícios eram tratados. No final, aquelas pessoas foram transferidas para outras fazendas, ou levadas de volta para a Hospedaria dos Imigrantes, para traçar novos destinos. Muitos não conseguiram se adaptar às grandes fazendas, devido à arbitrariedade dos fiscais de muitas delas. Alguns fiscais extrapolavam, no alto da sua arrogância, muitas vezes agravada pela parcialidade na distribuição dos lotes de trabalho. Destinavam aos seus patrícios as áreas mais produtivas e, além de dar aos japoneses os pés mais antigos e menos produtivos, davam-lhes também os terrenos mais acidentados ou com muitas pedras. O administrador da fazenda era quase tão importante e distante quanto o fazendeiro. Os fazendeiros, então, até o início de 1920, quando os comportamentos já apresentavam mudanças, em suas visitas esporádicas às suas terras, nem voltavam o olhar para seus vassalos. Isso era regra geral, em todas as fazendas. Os fazendeiros tinham autoridade absoluta dentro de suas terras, munidos até de poderes para mandar prender algum empregado faltoso. A hierarquia era severamente obedecida e, portanto, os colonos nem se aproximavam da sede. Mesmo o fiscal se limitava a falar com o administrador e nunca com o fazendeiro. Ainda pairavam, no comando, certos ranços do período da escravidão, pois a abolição havia aconte-

cido havia apenas vinte anos. Os capitalistas do sul eram tão feudais quanto os senhores de engenhos do norte.

Continuando ainda com os relatos, Shimabukuro-San acrescentou:
— Houve fugas de muitas fazendas. Alguns dos *okinawanos*, assim como também muitos imigrantes de outras províncias, tinham famílias artificialmente compostas e, nessas circunstâncias, o chefe familiar não tinha a mesma autoridade que poderia exercer sobre um filho, pois ali havia apenas um pacto de cooperação mútua. Alguns jovens não podiam tolerar a ideia daquelas condições tão sub-humanas de vida e pensavam em evadir-se da fazenda, sem o cumprimento do contrato. Mas, fugir como e para onde? Para muitos deles, viver confinado no planalto, apenas entre plantas, sem a mínima visão do mar, do aroma e brisa que dele provinham, era candidatar-se à inanição espiritual. Por isso queriam voltar, de alguma forma, para Santos. Havia um impasse, uma pergunta que sempre rondava a mente de todos: "se um membro da família fugisse, como ficariam os outros"? Para evitar possíveis retaliações, a fuga tinha que ser conjunta. Como fazê-lo, era o ponto crucial. Teriam que abandonar as poucas coisas que trouxeram e caminhar para que lado? A fuga teria que ser noturna e, então, como se orientar, sem conhecer a região? Pegar, depois, o trem... Onde? Na primeira estação, quer no sentido São Paulo, ou inverso, seriam pegos, com toda a certeza. Mesmo com todo esse universo de problemas, houve quem fugisse, embrenhando-se pelo cafezal e caminhando somente à noite. Quando ouviam o trotar de um cavalo, mal podiam respirar, achando que já tinham sido descobertos. A provisão de alimentos de viagem acabava, a água também e os tormentos só aumentavam. E sempre havia um imenso medo de se defrontar com um bicho peçonhento de hábitos noturnos. Ao chegar a São Paulo, recorriam a empregos braçais, como a construção de casas, ou se engajavam na construção de alguma estrada de ferro. Alguns deles tinham, como meta, o porto de Santos – dizem até que muitos jovens chegaram lá, a pé, pela falta de dinheiro para comprar a passagem.

E, as lembranças afloravam aos borbotões, e Shimabukuro-San continuou:

— A verdade era que o inferno continuava envolvendo a todos, fugitivos ou não. As famílias retornavam do trabalho exaustas, arrastando a grande revolta pelo engodo da emigração e a péssima colheita do café. Os poucos frutos secos dos cafés davam apenas um quinto do volume apregoado pela companhia que arrebanhava emigrantes. Como fechar a desencontrada contabilidade era a monumental e insolúvel questão. O coração de cada um fervia de desespero ou de raiva, o corpo todo doía, alguns já começavam a sentir os efeitos da friagem e da umidade matinal em suas gargantas ou brônquios e a resistência física estava se reduzindo, pela falta de alimentação adequada. Não havia legumes, não havia nem o *missô*, muito menos o *shoyo* – respectivamente: a pasta de soja e o seu subproduto, o molho. Não havia algas marinhas, frutos do mar... O tormento mental aumentava, sem tréguas. Havíamos trazido sementes, mas, apesar da ansiedade e da pressa, era necessário esperar a estação adequada para a semeadura. Tudo demandava tempo, muito trabalho e diligência. Até nas tarefas mais simples do dia a dia, encontrávamos grande dificuldade, ou pela falta de prática, ou mesmo por não termos a ferramentas adequadas. Os instrumentos de corte de que dispúnhamos, por exemplo, não nos permitiam cortar a madeira dura do Brasil, já seca, pois suas lâminas não venciam as fibras já enrijecidas. Enquanto os brasileiros dispunham de machados, facões e foices, nós tínhamos serrotes, plainas e cinzéis, absolutamente inadequados para tais tarefas.

32

Era sempre assim, quando havia chances para os imigrantes japoneses se reunirem. Duas ou três pessoas já era o suficiente para as conversas correrem soltas. É tradição do nosso povo contar e recontar histórias. Assim, transformam-se fatos e dificuldades em aprendizados e, ao mesmo tempo, aproveita-se para acalmar o espírito e silenciar um pouco a mente conturbada.

Shimabukuro-San tomou novamente a palavra e esclareceu mais:

— As condições tão adversas, as drásticas mudanças de hábito, a brusca ruptura com os alimentos que, há milênios, vínhamos consumindo, tornando-se uma necessidade genética, a longa jornada de trabalho, as sucessivas desilusões, todos esses fatores somados resultavam na receita ideal para gerar doenças. Muitos de nosso povo começaram a ter febres intermitentes, mas procuravam não se abater, pois, se faltassem ao trabalho teriam que arcar com as despesas decorrentes de sua ausência, onerando ainda mais a sua considerável dívida. Chegava um momento, porém, em que não havia cérebro lúcido ou espírito forte que pudesse colocar ereto um corpo em febres convulsivas. Os colonos antigos daquelas terras tinham certeza absoluta de que era o castigo de Deus, desferido sobre os homens desta raça estranha, que não respeitavam os domingos e dias santificados. Sempre se soube, diziam muito convictos, do castigo certeiro para quem desrespeitasse os seus mandamentos. Para nós, que desconhecíamos esse tipo de ira divina, era reconfortante ver o arrozal crescendo forte e promissor, na várzea drenada com tanto sacrifício. Tínhamos pressa do futuro e as vicissitudes tinham que ser digeridas, com a mesma intensidade dos nossos anseios. Entre um e outro delírio da febre, os doentes falavam geralmente das coisas da nossa terra, o que evidenciava que o nosso deslocamento havia ocorrido mais a nível físico, ficando os nossos sentimentos ainda fortemente ligados ao local onde estavam as nossas raízes. Era chocante perceber o quanto eram profundas as nossas raízes e que estávamos sofrendo uma ruptura, sem, contudo, admitirmos isso conscientemente. Por isso, quando melhoravam, as pessoas que haviam adoecido não falavam de outras coisas, senão dos passos a serem tomados para vencerem as dificuldades. Com a saúde, retornava também a esperança de triunfo, sustentada pelas saudades do que tinham deixado para trás. Nos finais de semana, reuníamo-nos, vistoriávamos os palanques e as cercas de arame farpado que circundavam a plantação. Sentíamos nossas mãos cada vez mais fortes para estirar os arames. Eram os calos tão endurecidos e em tantos lugares, que nos davam a sensação de força. Na realidade, a força física era a mesma. As nossas mãos é que estavam insensíveis, pois, de tão calejadas, nem podíamos fechá-las totalmente, fazendo lembrar a couraça de um jacaré. O máximo que conseguíamos era curvar os dedos e as mãos ficavam semicerradas. Os braços também estavam ásperos, de tanto serem roçados pelos galhos dos pés de café.

Shimabukuro-San, sorveu mais um gole de chá-verde e prosseguiu:

— A força da vida parecia ignorar todas as mazelas e cumpria sua missão, enriquecendo a várzea de exuberante verde. É verdade que, nessa pujança, ela também desprezava o nosso cansaço e a nossa pequenez, esquecendo-se de que dispúnhamos de apenas dois braços. Com a sua força inexorável, punha quantidades exorbitantes de ervas daninhas a competir no crescimento com as plantações úteis, sobretudo no verão, com o calor do sol e as chuvas constantes. Apesar dessa luta desigual com a natureza, sentíamo-nos gratificados quando víamos o arrozal com os cachinhos pendentes a caminho do crescimento dos grãos e, depois, da maturação. Tínhamos nossos corações agradecidos por não pagarmos aluguel pela várzea e pela estimativa de que a produção seria suficiente para distribuir dez sacas de arroz para cada uma das famílias. Certa noite, porém, os arames das cercas foram cortados e toda plantação absolutamente dizimada pelo gado e pelos cavalos. Entramos em alvoroço. Tanta luta para tornar agricultável um solo por toda a existência desprezado, tanta esperança que florescia dentro de nossos corações. As desconfianças, a vã conjectura de quem teria sido o criminoso, a revolta, a desolação, eram sentimentos que se misturavam como labaredas, mas nada podíamos fazer. Depois de muita conversa entre o fiscal, porta voz do administrador e o intérprete, representando os imigrantes, a fazenda prometeu dar, a cada família, meio saco de arroz, o que bastaria, segundo o frio conceito da administração. Seria a compensação para ressarcir das perdas que os animais causaram. Mas, meio saco nada representava e, além do mais, seria o mesmo arroz solto daqui e não aquele glutinoso e adocicado, o único que nos satisfaz verdadeiramente. Agora as terras drenadas estavam agricultáveis, mas o que poderiam fazer as pessoas desalmadas, que nos rondavam na calada da noite. Por algum tempo, cultivamos o desalento. As febres continuaram rondando a todos e cada vez mais forte. Como sempre, o farmacêutico acorria ao atendimento e, invariavelmente, receitava um potente purgante. Como não tinham instalações sanitárias adequadas, o sofrimento tornava-se desumano. Quando o nosso doente batia os dentes de frio, mesmo debaixo de todos os acolchoados, era hora de dar quinino, e o receituário não passava disso. No final, para ser mais racional, ele receitava as duas coisas juntas: o laxante e o quinino. O doente semi-inconsciente e com efeito do laxante, desidratado, sentia-se na porta do inferno. O farmacêutico dizia que a febre era contraída nos pântanos, onde plantamos o arroz, pela picada dos mosquitos, que viviam em abundância nas várzeas. Quando alguém morria, o silêncio tornava-se profundo e total. Quantos fantasmas rondavam as mentes de cada um, só o mundo cósmico poderia saber. Nesse desterro sem fim, como escrever para os familiares comunicando tal desgraça? Os filhos que ficavam, a viúva longe de seus entes queridos, uma dívida desoladora. Por mais que a colônia se unisse em ajuda mútua, as dores morais dos familiares que sobreviviam eram indescritíveis. Havia mulheres que pensavam em suicídio, mas era necessário pensar nos filhos e na afronta que esse gesto representaria, perante os seus ancestrais. Todos acompanhavam o cortejo a pé e o caixão do falecido era transpor-

tado numa carroça, até a entrada do cemitério. O caixão era montado por nós mesmos, com tábuas compradas na própria fazenda. Não havia um monge para recomendar aos céus aquele corpo e a alma que partia. Mesmo considerando um castigo de Deus, os colonos que observavam à distância não tinham como não ficar condoídos com tamanha desventura. Sair de seu país e morrer assim, numa terra estranha, deixando mulher e filhos. E a malária continuava fazendo vítimas e aqueles que a ela sobreviviam, invariavelmente, ficavam com sequelas, superadas somente depois de muitos anos. Com tanto desajuste alimentar, a anemia também se tornou frequente entre muitos de nós.

33

O shiro-San interferiu, procurando direcionar a conversa para fatos mais amenos: — Esperávamos com ansiedade a entrada do Novo Ano. As mulheres preparando *motchi*[15] – bolinho de arroz – com o pouco arroz especial que viera na bagagem de alguns e fora guardado para eventos festivos. Preparavam também o *manju*[16] – um bolinho de trigo recheado com massa de feijão *ajuki* adoçado. Chegou o novo ano e enaltecemos o primeiro novo dia, desejando que viessem outros tantos mais promissores. Todos nos parabenizamos, agradecemos a amizade e a afeição que recebemos de cada um dos companheiros e começamos a festejar. A reunião aconteceu num terreiro da fazenda, coberto por lona, pois ninguém tinha uma casa que pudesse comportar a todos. A confraternização reuniu as três dezenas de famílias que ali viviam. Surgiram palavras de estímulos, em breves discursos, proferidos espontaneamente por alguns dos mais velhos. Eles exaltavam a unidade do grupo, a força propulsora da ajuda mútua. Procuravam incutir, em nossas mentes, que não estaríamos para sempre aprisionados numa arena, dando voltas no mesmo círculo e que, trabalhando com persistência e economizando, um dia pagaríamos nossas dívidas com a fazenda, arrendaríamos umas terras e partiríamos para o cultivo independente de nossas lavouras. Enfatizaram o quanto era primordial fortalecer a resignação, não perder de vista a meta e cuidar

---

15 Pronuncia-se motí
16 Pronuncia-se manjú

melhor da saúde, para não abandonar os familiares, partindo prematuramente para junto dos ancestrais. Vigiar e cuidar da saúde tinha que ser, doravante, a responsabilidade primeira. Enfrentávamos a má colheita, as diferenças culturais, mas já estávamos superando as adversidades. Ir ao encontro da morte, abortando de forma tão drástica todos os sonhos e deixar a família em maiores dificuldades deveria ser algo absolutamente inaceitável, contra o qual deveríamos lutar, buscando forças nas profundidades do nosso âmago. Em tom enérgico, o líder conclamava a responsabilidade individual de estarmos mais atentos à preservação de todos e de cada um. Era, sem dúvida, um grande e oportuno chamado. A cachaça já podia ser degustada sem a água morna e o açúcar – e sempre havia os fracos à bebida, ou os mais chegados a ela. Era o momento de soltar um pouco a alma e cantar. Era tempo de cantar de verdade, relembrando as tantas músicas populares e aquecer o coração, afagá-lo com a saudade, com sabor de tradição. Era tempo de, com as letras das músicas da infância e da juventude, viajar, navegando para dentro de suas raízes mais profundas, porque sabíamos que, ao retornar, estaríamos mais nutridos para encarar o cotidiano. Pouca coisa evoca os sentimentos mais profundos como a música. E nos momentos de maior emoção, um calor intenso crescia no peito e muitas lágrimas brotavam – porém, poucas afloravam aos olhos. A maioria delas era sorvida, pois era de bom tom não demonstrar muita emoção. No final da festa, era hora do desmanche das armações de lona. As mulheres recolhiam, cada qual, suas louças e seus pertences, e dividiam entre as famílias as guloseimas que haviam sobrado. E assim estavam infinitamente mais fortalecidos. Ao final de fevereiro, todos ficaram boquiabertos. As enormes paineiras que encantavam com seu porte majestoso, suas abundantes folhas de verde exuberante e seu tronco singular com largos espinhos, perderam as folhas. Repentinamente, exibiam esplendorosas flores rosa. Muitas, muitas flores juntas. Flores delicadas, com pétalas suaves, em dois tons róseos. Mais intenso no centro, esmaecendo nas bordas. Tinha-se que contemplar e suspirar. As paineiras pareciam abrir, literalmente, sua alma para o infinito, em êxtase, e extrapolava qualquer sensibilidade ou compreensão humana. Era a verdadeira magia da vida. Fazia-nos lembrar das cerejeiras do Japão que, naturalmente, não exibiam tamanho porte. Era um alento. Altaneira, coloria nossa vida por uns dois meses. Em seguida, soltava ao vento as suas plumas que saíam mansas a bailar, ao sabor do vento, como que para afagar o homem com a sua maciez. E enviava, envolta nessa pluma, uma semente para, assim, propagar a sua espécie. As crianças brincavam, sem reservas, sem barreira linguística, descobrindo as tantas frutas, o mel leve e de suave sabor, num delicado invólucro de cera clara, que cabia nas palmas de suas mãozinhas: o mel das abelhinhas Jataí. A espontaneidade infantil era encantadora. Ao pensar nas crianças, uma coisa, entretanto, preocupava a todos. O analfabetismo permeava nas fazendas. Mas o que os pais deveriam priorizar? Poupar o dinheiro ou aplicar na educação dos filhos? Era bem verdade que, para se pensar em educação, era preciso primeiro sobreviver e obter a mínima condição necessária, para se ter uma vida passível de se considerar humana. Para se pensar em educação de filhos, tinha-se antes que pensar numa atividade independente e morar num local com acesso ao estudo. Os adultos também se afastavam da leitura cada vez mais. Pelo cansaço, ou porque já não tinham nada de novo para ler. Continuavam também com a grande dificuldade de articular algumas sílabas do português, acabando por deturpar as palavras. Essa dificuldade muitos nunca puderam superar.

Tomando fôlego, falou ainda:

— E assim seguia a vida. Os imigrantes japoneses já estavam criando seus porcos e aprenderam a fazer linguiça, torresmo, banha, separar a carne etc. Utilizar os alimentos de forma adequada e racional, levando-se em conta todos os benefícios que um porco oferecia, era um dever fundamental. Quando a comida era temperada com banha de porco, em vez de óleo de algodão, sentiam-se alimentados por mais horas. O trabalho era muito pesado e era necessário equilibrar a saúde com proteína animal, para seguir adiante. As mulheres já estavam aprendendo a fazer pão, bolo e, embora todos apenas quisessem ganhar dinheiro e voltar para sua terra, sem perceber, a cada dia mais estavam fincando suas raízes em terras brasileiras. Era hábito das brasileiras, aos sábados à tarde, fazer o pão e assá-lo no forno a lenha, construído próximo ao poço comunitário. Cada poço servia a cerca de meia dúzia de famílias. Enquanto a massa do pão, já bem amassada, ficava reservada para crescer, elas faziam uma boa armação com gravetos e lenha de peroba e punham-nos a queimar. O vigoroso fogo, no interior do forno, aquecia-o e expandia seu calor para a parte exterior. Esse forno, montado sobre uma base acima do solo, tinha o formato de um iglu. Era feito com tijolos, cuidadosamente aderidos um ao outro com barro, dando uma forma arredondada. Depois, era bem rebocado e ficava acinzentado ou vermelho, de acordo com a argila da região. As mulheres que já tinham experiência percebiam, pela coloração do chão do forno, ou apalpando-o na parte externa, se já estava boa a temperatura, ou não. Considerado bom, retiravam toda a lenha queimada e a brasa que dela se formava, varriam bem o interior do forno com uma vassoura improvisada com galhos de alguns arbustos flexíveis e resistentes, removendo, assim, toda a cinza. Para o sucesso do assado, era primordial deixar o forno na temperatura adequada para cada alimento. Bolos, bolachas, pães e carnes exigiam temperaturas diversas. Poderíamos, primeiro, assar o pão e, depois de retirado, utilizar o forno com a temperatura já mais amena para assar os biscoitos. Para testar o calor, era usual atirar dentro do forno um pedaço de palha de milho. Ela se contorcia e tomava uma forma espiralada. Se a palha queimasse, era porque estava muito quente. Se, para o fim desejado, a temperatura estivesse muito alta, bastava borrifar um pouco de água fria, ou deixar o forno aberto por algum tempo. O alimento a ser assado era introduzido por uma pá de madeira, de longo cabo. E a boca do forno era vedada com tampo de madeira, envolto em um saco de estopa molhado. Depois do tempo certo para cada alimento, o forno era aberto e a comida retirada. O cheiro do pão ou do assado buscava célere o ar e nele bailava, espalhando seu aroma por toda a vizinhança.

34

O trabalho persistente na fazenda tinha que continuar, sem o qual os imigrantes japoneses não poderiam quitar as dívidas e se liberar para sair e arrendar outras terras, para a tão sonhada plantação independente.

Podiam perceber, em qualquer fazenda, que alguns colonos descendentes de europeus e de africanos permaneciam por décadas, vivendo em miséria. Tinha-se que aprender o que os tornava tão impotentes.

Perceberam que muitos dos chefes daquelas famílias eram um tanto indolentes, ou mesmo dependentes do álcool, o que impedia seu progresso. Algumas dessas famílias ainda viviam sem nenhum móvel, tendo, por vezes, tocos de árvores apenas serrados servindo como banquetas e outras peças de uso diário. Todos andavam descalços, as meninas usavam vestidinhos simples, não usavam peças íntimas.

As crianças não frequentavam escolas, tinham as barrigas crescidas pela verminose e eram anêmicas, pois a alimentação pouco variada e com considerável consumo de farinha de mandioca, embora desse a sensação de saciedade, não dispunha dos quesitos necessários a uma adequada nutrição.

Os imigrantes japoneses entenderam que, se quisessem sair daquela situação inicial tão desfavorável, teriam que se dedicar aos seus objetivos muito mais do que aqueles antigos colonos o faziam. E assim o fizeram e progrediram.

O respeito às suas tradições era uma das grandes ferramentas que os japoneses tinham para realmente poder superar todas aquelas provações e conseguir vencer.

Entre as tradições, estavam hábitos bem diferentes dos brasileiros. Nas famílias japonesas, por exemplo, o manuseio do dinheiro era feito pelas mulheres, o que despertou curiosidade geral entre os brasileiros. Os homens delegavam às suas mulheres a guarda e a troca do dinheiro.

Outra tradição, que era mantida, tinha a ver com os casamentos, que eram feitos por meio de *miyee*, sempre por indicação de algum conhecido. Sempre havia pessoas especialmente capacitadas para essas indicações – em geral, eram as pessoas de idade mais avançada.

Kaná e Koichi receberam certa vez uma visita, dizendo que uma dessas pessoas que indicavam o *miyee* queria encontrá-los, com pretensões de pedir a mão de Utumi – a prima órfã que viera compondo a família-, em casamento com Heisei-San.

Heisei-San era um rapaz de um local distante e de uma família sem ligações de conhecimento com as pessoas do círculo de amizade de Kaná e Koichi. Utumi simpatizou com o jovem e as conversas sobre um possível casamento prosseguiram. Heisei-San demonstrou interesse em se integrar à família de Koichi, que era pequena e com escassez de braços masculinos.

Aquela era uma união interessante, pois Koichi vinha pensando no arrendamento de um lote de seis alqueires, nas proximidades de onde moravam. Quem sabe, unidos, pudessem levar adiante tal empreitada. E assim aconteceu. Após o casamento de Heisei e Uthumi, Koichi procurou um dos imigrantes pioneiros e dele emprestou uma soma em dinheiro, para viabilizar a preparação da terra, comprando mais um cavalo, mais um arado e outros equipamentos afins, e também sementes.

O que Heisei não havia percebido é que seria uma obra para titãs acompanhar seu sogro nessa empreitada, pela sua obstinação pelo trabalho e pelo fato de que, no solo, sendo quase virgem, ainda havia muitas raízes das árvores extraídas e que atrapalhavam o trabalho da terra.

Definitivamente, isso não era coisa para suas fibras e, num dado dia, chegou e anunciou que ele e a esposa iriam tentar outra forma de vida, em São Paulo.

Kaná, consternada, ficou sem sua companheira de labuta e seu marido, além de ficar com mais uma dívida, ficou absolutamente sem ninguém com quem contar na lavoura.

Em meio ao caos desenhado, Kaná, que sempre participou das decisões da família, diferente de outras mulheres que só se limitavam à cozinha e ter filhos, sugeriu que contassem com trabalhadores contratados.

Mas essa seria mais uma despesa para a qual não dispunham de recursos. Novo empréstimo foi levantado, para capital de giro. Porém, teriam ainda que enfrentar outra dura realidade: como contar com esse pessoal, nas épocas de pico das colheitas, onde havia muito trabalho disponível e bons pagamentos sendo oferecidos.

Kaná, então, lembrou-se dos ensinamentos de seu pai. Ele sempre dizia que, ao se contratar trabalhadores braçais, tinha-se que lhes proporcionar muito boa alimentação. Porque isso garantiria sua disposição em ficar ao nosso lado por mais tempo.

Ocupou-se, então, em ampliar a horta e revisar com frequência as cercas, para que as galinhas não entrassem a devorar as verduras. E colocou mais ovos para chocar, para aumentar o seu plantel.

Foi necessário engordar e criar mais porcos, pois com carne de gado não poderiam contar. Então, as duas fontes de proteína animal teriam de ser da galinha e do porco.

Os afazeres da cozinha pesavam muito, pois os homens eram dotados de extraordinário apetite e Kaná transportava as panelas, acondicionadas em sacos de farinha alvejados. Colocava o café e a comida em dois volumes, prendia cada um deles na ponta de uma vara resistente, colocava no ombro e seguia, por quilômetros, em picadas tortuosas e acidentadas, para levar os alimentos para a roça.

Às dez horas da manhã, reuniam-se sob a árvore mais próxima de onde estavam trabalhando e todos almoçavam juntos. Às duas horas, quando o sol já era muito escaldante, todos paravam novamente para o lanche da tarde. Kaná, é claro, trabalhava na lavoura tanto quanto eles. À noitinha deixavam os trabalhos, caminhando outro tanto para chegar em casa.

Koichi ajudava a tirar a água do poço, para abastecer o tambor do *ofuro*. Afinal, que corpo poderia repousar sem um bom banho, depois de um dia de tão árdua labuta?

35

Sob a luz do luar, Kaná lavava as roupas e as estendia em varal de arame farpado, para o vento não as derrubar. Não havia prendedores de roupas. Na hora de recolher, era necessária diligência para não rasgá-las nas pontas das farpas.

Também à noite, abatia os frangos para o almoço e já iniciava sua preparação, para que estivesse pronto às 9 horas.

Quando havia previsão de chuva para os próximos dias, Kaná se programava para o abate de um porco, que exigia horas infindáveis de trabalho, sem contar com o grande consumo de lenha seca e já estocada para ferver a boa quantidade de água necessária para todo o processo.

A gordura que formava entre a carne e a pele era picada e derretida em grandes panelas, num ritual de muitas horas. A carne bem cortada e depois cozida nessa banha derretida ficava estocada em latas de dezoito litros, sempre pronta para uso. Quando a chuva prosseguia, podia-se fazer embutidos com a carne. Mas não era qualquer chuva que detinha Koichi fora da lavoura.

Ainda havia um agravante: para engordar mais e melhor os porcos, tinha-se que plantar mais milho, mais mandioca, mais batata, mais abóbora.

Em época de colheita do algodão com as plumas já abertas, era preciso trabalhar mais horas, até não se enxergar mais nada, pois não poderiam ser surpreendidos com chuva, o que comprometeria a qualidade da colheita. Se, em época de safra, os limoeiros virassem suas folhas tenras para cima, era um terror, pois era prenúncio de chuva fina e intermitente, por uns quinze dias. Não dava tempo de as plumas de algodão secarem e era perda certa na qualidade do produto.

Quando se percebia que as chuvas se prolongariam, os homens se mobilizavam para fazer visitas. Koichi era introspectivo e pouco saía para visitas, mas sempre recebia pessoas, quem sabe pela hospitalidade da Kaná.

Era hábito colocar tudo o que dispunham de guloseimas à mesa e Kaná sempre fazia bolinhos *andagui* – comumente chamado no Brasil de bolinhos de chuva. Era sua especialidade.

Conversavam muito, sobre todos os assuntos. Se, inesperadamente, viesse outro patrício, a conversa ficava ainda mais variada, relembrando desde fatos de Okinawa até os feitos dos vários imigrantes. Era uma festa. À noite, além do chá e café, a aguardente de cana, que substituía o saquê, feito de arroz, entrava no circuito e também fumavam muito. No Japão da época, era cultural, entre os homens, o consumo do *saquê* e do cigarro.

Kaná se apressava em fazer o jantar e, felizmente, nessa época, já dispunham do arroz típico japonês, preparado sem tempero, com sabor levemente adocicado, que era saboreado como algo revigorante e reconfortante. Saborear aquele arroz era quase um ritual, algo que acalentava a alma.

Ela dispunha sempre da pasta de *missô*, algas importadas do Japão, chás importados, o peixe-bonito desidratado, sardinhas desidratadas. E com frango, carne de porco e verduras, podia-se fazer uma bela refeição.

Muitas vezes, ela cultivava brotos de *mohashi* – punha para germinar pequenos grãos verdinhos, um feijãozinho especial –, ou fazia *tofu*, e com bagaço da soja processada, preparava outras tantas iguarias.

Por vezes, tocavam *sanshin* e cantavam, entremeados de lembranças das festas em Okinawa. Kaná, diferente das outras mulheres, participava das rodas de conversa.

Koichi foi aumentando a frequência na ingestão de pinga, mas nunca isto o fez negligenciar o trabalho. Era realmente muito aplicado. Gradativamente, foi-se instalando nele o hábito de exteriorizar as suas mágoas, na hora em que bebia.

E o abandono irresponsável de Heisei vinha sempre à tona.

Kaná, pacientemente, tinha que se postar à sua frente, como única ouvinte. Depois de bem curtida uma ou outra mágoa, ele se punha a tocar *sanshin* e cantar, e Kaná, mais uma vez, tinha que ser a sua ouvinte. E, é claro, muitas vezes, cochilava diante do mesmo repertório, após um dia de exaustiva labuta. Quando ele percebia que ela cochilava, ficava revoltado, pois era para ela que ele estava cantando e tocando.

Era inútil para Kaná, é claro, argumentar com sua exaustão, pois dentro da embriaguez não havia razoabilidade. Porém, não importava a hora que fossem dormir e o grau de cansaço: no dia seguinte, o relógio biológico de Koichi o acordava às cinco horas da manhã, para o trabalho. E lá ia ele, em absoluta normalidade.

Aos poucos, ele foi somando, às mágoas, a gravidez que não acontecia em Kaná, a razão primordial pela qual tinham vindo para o Brasil.

Os anos transcorreram, as dívidas foram pagas, e Kaná quase não via seu irmão, pois estavam em cidades distantes. Koichi, mais que Kaná, sentia grande nostalgia, pela falta do mar, com que convivera desde seu nascimento. Por ser menos expansivo, também tinha as suas dores mais entranhadas na alma.

Koichi tinha uma saúde invejável, bem constituída pela genética ou pela alimentação à beira-mar, durante toda sua vida. Certa vez, porém, sentiu calafrios e se recolheu. Kaná se espantou, por nunca tê-lo visto ir para a cama fora de hora, e o atendeu de forma caseira. Mas a febre começou a subir e, dentro da noite, não tinham o que fazer.

No dia seguinte, bem cedo, Kaná foi procurar o senhor Yamashiro e descreveu o quadro. Pela febre alta e intenso tremor de frio, ele concluiu que deveria ser malária. Ela, então, retornou para casa e avisou Koichi de que iria até a cidade buscar algum medicamento. Eram quinze quilômetros a pé e indicaram-lhe duas injeções.

O céu começou a escurecer de forma espantosa e uma tormenta estava se formando. Ela, então, foi à praça onde havia carro de aluguel, mas não conseguia explicar o que queria. Com mímica, tencionava contratar os trabalhos profissionais do motorista. O homem, assustado e sem entender, pegou o carro e foi embora, deixando-a na praça.

Ela não teve alternativa, senão, enfrentar a pé a chuva e a escuridão da tempestade, com fortes rajadas de vento. Ao chegar em casa, encontrou uma grande porção de folhas de bananeiras. Não entendeu o que se passava.

No quarto, diligentemente, Yamashiro-San envolvia Koichi, ainda inconsciente, nas folhas de bananeira.

— Observe, dizia ele. A febre está tão alta que as folhas escurecem num instante.

O quadro era desesperador. O homem ardia em alta temperatura e somente delirava. Kaná suplicava ajuda aos seus ancestrais, mas já havia escurecido e era tradição que, depois das seis horas, não se deveria acender incenso no oratório. Yamashiro-San, por sua vez, sabia de tantos que morreram por causa da malária, que já havia perdido a conta. Quanto às injeções que Kaná havia trazido da farmácia, eles não tinham ideia de como utilizá-las.

Então, o solícito vizinho de sítio foi procurar outro, sempre vencendo quilômetros. Esse também veio em ajuda, mas ninguém tinha sequer visto seringa e ampolas de injeção. Sabiam da existência desse recurso, mas era coisa remota para eles. Entre toalhas para enxugar a cabeça e trocas de folhas de bananeira, em funções infrutíferas, ambos os homens, no dia seguinte, decidiram que não tinham alternativa senão aplicar a tal injeção. Onde aplicá-la? Esse era o problema.

Visto que Koichi ofegava muito, concluíram que talvez o melhor fosse aplicar nas costas. Apalparam o espaldar, e logo abaixo, entre as costelas, aplicaram a primeira injeção e esperaram mais um dia.

Parecia que a febre tinha baixado um pouco nesse dia, mas Koichi continuava inconsciente. Mais e mais folhas de bananeira, que agora demoravam um pouco mais para escurecer. Era bom indício.

Kaná tentava ministrar um pouco de água de arroz que tinha sido cozido lentamente, em fogo baixo, mas não havia receptividade. Todos ficaram angustiados, pois se aquele homem entrasse em óbito, como ficaria Kaná, tão sozinha?

Aplicaram a outra injeção do outro lado das costas e, ao cabo de cinco dias, foram vendo uma melhora animadora. O problema é que começava a incomodar muito a inflamação que começou a surgir no

ponto da injeção. Foi entumecendo, latejando sem parar. Koichi, então, só poderia ficar de bruços, pois as costas lhe doíam violentamente e foi formando uma bolsa de pus. O tratamento foi à base de compressas caseiras e limpezas com chás de ervas.

A recuperação foi muito demorada e, sobretudo, a ferida que não permitia mover os braços. Muito lentamente, a ferida foi fechando, acabando por deixar duas redondas e fundas cicatrizes.

Kaná acendia o incenso no oratório, fazia oferenda de chá e agradecia a seus ancestrais por tê-los salvo de uma grande tragédia.

Ela passou a servir ao marido uma densa sopa de galinha, cozida com os ossos partidos, para agregar ao caldo o tutano existente em seu interior. Acrescentava nabo, algas marinhas e tubérculos. Passou a fazer, com frequência, risoto de caldo de sardinha desidratada, importada do Japão, e massa de *missô*, com folhas de batata-doce. A alimentação era a única fonte de reforço para a recuperação do marido. Os conterrâneos vinham visitá-los. Ora o homem, ora a mulher, em revezamento, e sempre traziam algo útil e prático para o dia a dia, como guloseimas ou chás, como era da cultura deles.

Com vagar, o peso perdido de Koichi foi sendo recuperado e tudo voltou à normalidade. Essa doença tão dolorosa o deixou mais melancólico e talvez preocupado, por ver que ser o trabalhador imbatível, como era conhecido, não era sinônimo de possibilidade de êxito, se picadas de inseto, com os quais não poderia lutar, poderiam levar tudo a perder.

Foi se tornando mais taciturno, bebendo um pouco mais e passava até altas horas da noite desfiando, repetidas vezes, seu rosário de lamentações e revoltas. Muitas vezes, com três horas de sono, ele já se levantava e saía para o trabalho, como se a noite anterior tivesse sido uma noite normal.

Kaná, exausta, insone, aborrecida, com trabalho atrasado, pois, tendo que ficar como ouvinte atenta aos inconsoláveis queixumes do marido, não podia aproveitar a claridade do luar para lavar as roupas.

A vida era só trabalho e desalento. Sem ganho suficiente para retornar para Okinawa e sem a dádiva de receber o tão almejado filho.

As noites de serestas solitárias, entremeadas de queixumes, tornaram-se cada vez mais frequentes, cada vez mais insuportáveis e foram acrescidas, por vezes, por duras agressões verbais. Havia ocasiões em que esses períodos de noites infindáveis se prolongavam por dias, sempre na mesma e enfadonha repetição.

— A culpa é sua, a culpa é sua! – Koichi insistia em acusar a esposa.

Kaná, enquanto ouvia, silenciosa, procurava sublimar a indizível dor. Sufocava o seu desespero e o profundo sentimento de desamparo, por parte de seus ancestrais.

Era início de dezembro de 1942 e a agressividade de Koichi estava cada vez mais insuportável. Talvez a proximidade do ano novo o tivesse deixado mais amargurado, por estar distante da sua terra natal e dos seus entes queridos. Ele não tinha sequer um parente consanguíneo em qualquer parte do Brasil. Era um homem realmente só. Isso era absoluta exceção entre os imigrantes.

Kaná não podia mais, com tão insuportável e desumana carga. Pensou em dar fim à sua vida, mas isso seria uma afronta aos seus ancestrais. Não sabia mais que rumo tomar e, numa noite, em prantos, embrenhou-se pelas trilhas das plantações de algodão. Correu, em soluços e, lá pelas tantas, deixou-se cair ao chão. Continuou a soluçar, quase aos gritos, expondo das entranhas as dores condensadas por tantos e tantos anos. O seu organismo e a sua alma necessitavam dissolver as dores entranhadas em todas as suas células.

De repente, avistou as estrelas faiscantes. Estava lá, toda Via Láctea, interminável e poderosa, esplendorosamente indiferente à sua dor, estendendo seu brilho sobre aquela vastidão de terra. Atirou-se ao solo de joelhos e, em tom de cobrança e revolta, clamou em voz alta:

— Meus ancestrais, em que estrela vocês estão morando? Não veem meu sofrimento sem fim? Por que razão não se compadecem de mim e não me mandam um filho? Não fui eu, sempre, uma boa filha e sempre reverenciando, dignamente, meus antepassados? Por que me abandonam desta forma inominável? Onde está o filho pelo qual vim para estas terras? Por que não me acompanharam, por que não me assistem, por que tamanho abandono? Eu e meus pais sempre nos mantivemos em retidão de conduta, nunca agimos de forma a desonrá-los e, então, por que, por quê? Kaná, que se atirara de joelho, colocou suas mãos com os

dedos entrelaçados e sobre eles apoiou sua testa e prosseguiu em intermináveis soluços.

Deixou-se ficar ali, abandonada no chão, não se sabe por quanto tempo. Chorando até extravasar sua última gota de lágrima. Foi um longo e convulsivo pranto, em absoluto abandono, absoluta solidão. Nem mesmo se lembrava como retornou para casa e cochilou um pouco.

Logo surgiu à sua frente um novo dia de trabalho, como todos os outros. E assim parecia que a vida continuaria.

Poucos dias depois, porém, acordou com indizível felicidade, com os efeitos de um maravilhoso sonho que tivera. Durante o desjejum, que consistia em chá verde, arroz, carne e *misso-shiro*, comentou com seu marido que havia sonhado com a maré subindo. Isso era bom presságio. E o mais espantoso é que, sobre a maré, existia um pavão, que ostentava exuberantemente a sua cauda aberta. Ela enfatizava que tinha sido um sonho muito diferente de qualquer outro, muito colorido e brilhante, e deveria ser mesmo sinal de bons augúrios. Passou dias banhada numa tênue sensação de bem-estar, que foi contagiando aos dois.

36

O ano novo era sempre esperado com ansiedade. Reservavam-se uns dias para fazer a grande faxina na casa, dos objetos ou papéis acumulados durante o ano.

Ia-se para a cidade de carroça, para comprar mantimentos, cervejas, refrigerantes, muitas balas, cadernos, borrachas, lápis etc., para distribuir para as crianças que viriam desejar bom ano novo.

As mulheres sempre trabalhavam muito e Kaná, então, nem se podia descrever o quanto, pois não tinha uma viva alma vivendo com ela e que pudesse ajudá-la. No dia primeiro do ano, ela acordava ainda mais cedo e sua primeira ação era cozinhar alguns ovos de galinha. Mergulhava-os em água fria, e mexia-os com constância para que a gema ficasse centralizada. Depois de cozido, descascava-os, cuidadosamente para não ferir a clara, removendo, delicadamente, a película que a envolve. Mergulhava-os em anilina vermelha que simbolizava o vigor. Cortava-os bem ao meio, e colocava seis partes em círculo num pratinho, em cujo centro ela já havia desenformado sal, com o formato de um cálice. O sal, representando a sustentação da vida, junto com outras iguarias, realizava sua oferenda no oratório dos antepassados e rezava com profundidade.

Depois de algum tempo, retirava os ovos, solenemente, levava-os para a sala, reverenciava o sol e, seguindo um ritual, oferecia uma metade para seu marido e outra para si mesma. Era ano novo, era um novo renascer.

Distribuía à mesa tudo o que havia preparado, esperando as visitas. A mesa era farta e cada dona de casa apresentava o melhor que podia.

Todos os homens saíam de suas casas. Todos, nesse dia, tinham roupas e sapatos novos e iam visitando cada família, sem faltar a nenhuma delas, levando as boas mensagens pelo novo ano.

— *Hi-shoguaty du yaibiru* – no dialeto *okinawano*, "É um bom ano!" – Falava-se curvando a cabeça, em reverência ao visitante e a quem recebia. Aliás, nos primeiros três dias do ano, não se usava outra forma de cumprimentar. Era sempre reverência ao ano que se iniciava.

Acabavam por formar grupos e os jovens também cumpriam o mesmo ritual. As meninas com suas colegas, juntamente com os meninos, saíam em bandos tagarelas, cumprimentando todas as famílias. Sentavam-se à mesa, tinham que se comportar, conforme a boa educação recebida em casa, e, quando a dona da casa, atenta, percebia que as crianças estavam querendo se retirar, dava a cada uma delas algum dinheirinho, materiais escolares e muitas balas. As donas das casas tinham por hábito guardar moedas ou notas novas para, nesse dia, agradar às crianças.

É claro que cada criança ficava ávida por saber com o quê cada dona de casa os presentearia. Cadernos novos, muitos lápis, borracha, tudo cheirando a novinho, era uma festa.

As visitas duravam dois dias. No terceiro, era o dia dos que passearam antes, ficarem em casa e, então, as mulheres saíam umas visitando as outras.

Ano novo era o melhor período da vida. Todos realmente se rejubilavam. Kaná cresceu com uma crença, tradição em sua família: durante o mês de janeiro, era absolutamente proibido levantar qualquer desavença, quer no seio familiar ou fora dela, porque isso poderia provocar um grande infortúnio. Era um mês de total disciplina mental e espiritual.

Acabadas as festas de três dias, tudo tinha que voltar ao normal. Labuta incessante e retorno às atividades necessárias no dia a dia.

Certo dia, Kaná, ao guardar as roupas lavadas, deparou com seus paninhos brancos íntimos guardados e se deu conta de que fazia algum tempinho que não precisava deles – naquela época, não existiam absorventes higiênicos e as mulheres utilizavam toalhinhas brancas, com tecidos de algodão sem felpa, costuradas em casa. Tinha-se que

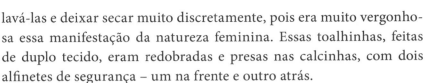

lavá-las e deixar secar muito discretamente, pois era muito vergonhosa essa manifestação da natureza feminina. Essas toalhinhas, feitas de duplo tecido, eram redobradas e presas nas calcinhas, com dois alfinetes de segurança – um na frente e outro atrás.

Surpresa, pensou, pensou, e correu para onde Koichi estava partindo a lenha, e disse:

— Coisa curiosa, percebi que em janeiro eu não utilizei meus panos higiênicos. Estamos em meados de fevereiro. Será que estou grávida?

Os dois ficaram perplexos, parados, e ele disse:

— Será que é por isso que você anda com tanto sono?

— Será que, por isso, eu fiz *tofu* com mais frequência? – seus olhos brilharam. Realmente, seu apetite estava melhor e tinha mais sono. Mas era necessário cautela e, então, ainda não podiam comentar com ninguém.

Kaná, por vezes, se surpreendia ao ver seu marido fazendo tarefas que normalmente ela fazia sem problemas, como transportar água ou lenha para dentro da despensa.

Certa noite, ela comentou que estava com desejo de chupar laranja. Imediatamente, ele pegou a alça do lampião e disse que iria buscar.

— Não, não precisa, não vá agora à noite – recomendou Kaná.

Ele meneou a cabeça, caminhou três quilômetros até onde sabia que havia um laranjal. As folhas já estavam orvalhadas. Ele apanhou alguns frutos, decepcionado, porque estavam verdes, mas levou-os assim mesmo.

Ao chegar em casa, ela já estava dormindo, mas ele a acordou e disse:

— Eu trouxe as laranjas, mas não é tempo de laranja madura.

Ela sentiu comoção, por tanto empenho da parte dele. Reconheceu que, apesar do cansaço, pelo trabalho exaustivo de todo um dia, sob sol causticante, ele se empenhou nesse esforço gentil. Nesse momento de tão grandioso gesto de dedicação, ela repensou sobre algumas mágoas que trazia, no fundo do coração, pelas suas agressões verbais, quando bebia.

Chupou-as azedas mesmo, naquela noite, porque era isso que o seu organismo pedia. Cresceu entre eles uma cumplicidade ainda maior e tudo se acalmou.

Koichi quase não bebia mais e Kaná saltitava em felicidade. Todos os trabalhos fluíam bem e não sentia cansaço. Ficava perplexa com seu vigor indescritível. Essa perplexidade se estendia a Koichi.

Finalmente, poderia, em sua vida, cumprir a mais imprescindível missão: SER MÃE!

Kaná não podia ver, mas acreditava que pairava uma luz especial, sobre a sua casa, abençoando o casal e a criança que estava agasalhada em seu ventre.

Com certeza, seus ancestrais sorriam... Finalmente, puderam dar a Kaná e Koichi a infinita alegria pela qual tanto lutaram.

O futuro lhes reservava agora, outras intensas e belas histórias, que um dia, felizes, viriam a contar para SEUS NETOS!

Galería

Foto: Eiki Shimabukuro – Museu Cultural de Okinawa – Diadema – SP

O complexo do Palácio de Shuri

Foto: Eiki Shimabukuro – Museu Cultural de Okinawa – Diadema – SP

A frente do Palácio de Shuri

Kaná

Foto: Eiki Shimabukuro – Museu Cultural de Okinawa – Diadema – SP

Portão do Palácio
Shurei Mon
Portal da Hospitalidade

Santos Maru – 1926 – Japão
Porto de Kobe, Japão, em 1952
Coleção Nelson Antonio Carrera

180 Kazuco Akamine

Foto: Eiki Shimabukuro – Museu Cultural de Okinawa – Diadema – SP

Louças comercializadas pelos "homens de léquios" ou pelos navegadores okinawanos

Foto: Eiki Shimabukuro – Museu Cultural de Okinawa – Diadema – SP

Chaleira de ferro

Kaná

Foto: Eiki Shimabukuro – Museu Cultural de Okinawa – Diadema – SP

Kimonos do comércio internacional

Shanshin ou samissem

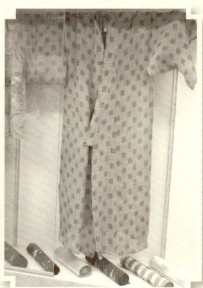

Tecido feito de fibras de uma bananeira especial

182   Kazuco Akamine

Pote para armazenar água

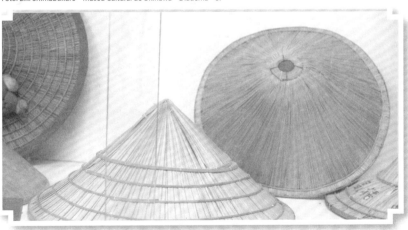

Chapéus utilizados pelos lavradores

Kaná

Foto: Eiki Shimabukuro – Museu Cultural de Okinawa – Diadema – SP

Moedor de grãos feito em pedra

Chaleira que em Okinawa era utilizada pendurada em corrente sobre um pequeno fogareiro

Kazuco Akamine

Chichi "leão" fêmea

Chichi "leão" macho

Kaná

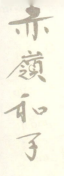

Rotas iniciadas em Kobe

Porto de Kobe, 1910

Kazuco Akamine

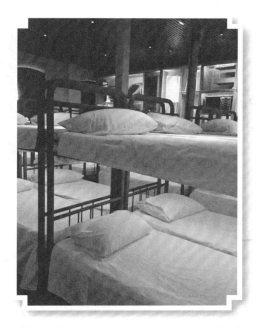

Beliches da Casa do Imigrante de São Paulo

A inspeção das malas que durou dois dias

Kaná

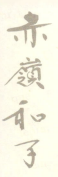

Casa do imigrante de Kobe

Assim se formava o grupo de trabalho no cafezal

Terreiro de secagem do café

Rastelo e vassoura para limpar a base do pé de café,
antes da derriçar os grãos

Kaná

Foto: Eiki Shimabukuro – Museu Cultural de Okinawa – Diadema – SP

Torrador de café em grãos

A casa do Imigrante de São Paulo, hoje transformada em museu

Referências

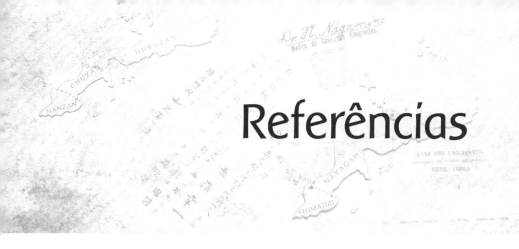

CIVITA, Victor (Editor). **Grandes personagens da história universal**. Vol. 2. São Paulo: Abril Cultural.

HANDA, Tomoo. **Memórias de um imigrante japonês no Brasil**. São Paulo: T. A. Queiroz Editor, 1980.

YAMASHIRO, José. **Okinawa** – uma ponte para o mundo. 5. ed. São Paulo: Cultura Editores Associados, 1997.

ZIERER, Otto. **Pequena história das grandes nações** – China. São Paulo: Círculo do Livro, 1976.

Este livro foi composto nas tipologias Baar Sophia e Minion,
impresso em Triplex 250 g e papel pólen soft 80 g.

Publique seu livro conosco.
Visite nossa home page:
www.literarebooks.com.br